W0364105

Thomas Krüger

Der Ameisenjunge

Der Tag, an dem mir ein Hundefloh half, die Schrumpfmaschine wiederzufinden

Mit Illustrationen von Stephan Pricken

BAUMHAUS

Kapitel 1

Die Ferien waren SOOO winzig

Puh, trotz Sommer kann es morgens um halb sechs ganz schön kalt sein, wenn man auf dem Rücken einer Wespe durch die Lüfte zur Schule fliegt. Und richtig hell ist es auch noch nicht. Hoffentlich kennt Ssuzi auch wirklich den Weg.

»Ssuzi? Wie weit ist es noch?«, rufe ich.

ZSSSSSSSSRRRRRRR!

Himmel, ist das ein lautes Geknatter. Ich hätte nie gedacht, dass die Flügel einer Wespe so laut sein können wie ein Flugzeugmotor. Aber weil ich nur wenige

Millimeter groß bin, wird ihr Brummen in meinen Ohren zu einem Donnern.

»Ssuzi? Hörst du mich?«

Leider ist auch meine Stimme nur noch winzig. Oder Ssuzi ist beim Fliegen eingeschlafen. Was mich nicht wundern würde. War ja auch eine verrückte Idee, mich am Wochenende im Labor von meinem Physiklehrer Doktor Yogeshwar schrumpfen zu lassen und dann am Montag noch vor Schulbeginn schnell zurückzuflitzen, um die Schrumpfung rückgängig zu machen. Ich muss ja spätestens in zwei Stunden wieder ein normal großer Schüler sein.

»Ssuzi!« Ein letzter Versuch. Endlich hört sie mich.

»Ja? Oh, du bissst esss, Ben«, lispelt sie. »Ich dachte, du schläfssst. Hi, hi. Ich freue mich sssooo auf den Ananasss-Mann. Wir sssind gleich da. Ich kann die Schule schon sssehen. Sssuper!«

Eine Wespe, die sich auf die Schule freut. Typisch Ssuzi. Ich finde es immer witzig, wenn sie meinen Physiklehrer Doktor Yogeshwar den *Ananas-Mann* nennt.

Der Doktor ist total nett und bringt ihr manchmal überreifes Obst mit. Ananas, Äpfel, Birnen. So was lieben Wespen.

»Ssuzi, wir sausen am besten durch eines der Fenster ins Obergeschoss. Dann über den Flur und die Treppe zum Dachgeschoss hoch«, schlage ich vor.

»Sssuper! Aber wasss, wenn die Fenssster zzzu sssind?«, fragt Ssuzi.

»Nee, unser Hausmeister, Herr Zindel, lüftet oben auch über Nacht. Er sagt immer, es müffelt in der Schule zu sehr nach Büffeln. Also nach büffelnden Schülern. Die Fenster im Obergeschoss stehen immer einen Spalt weit auf. Aber pass auf, dass wir nicht der Bissl-Brettig begegnen. Wenn die mich erwischt, dann …«

»Dann darfssst du nie wieder klein werden. Hassst du ssson gesssagt. Dasss wäre ssso sssade. Du bissst sssooo sssüüsss, Ben!«

Ich werde rot. »Danke, Ssuzi. Aber jetzt aufgepasst, bitte. Denk dran: Nicht gegen das Glas der Scheibe fliegen, sondern durch den Spalt.«

»Hey, hältssst du mich für doof?« Schimpfend surrt Ssuzi weiter.

Sie hat ja recht. Trotzdem müssen wir vorsichtig sein.

Glas zu erkennen, ist nicht gerade Ssuzis Stärke. Und meine Schulleiterin Frau Bissl-Brettig darf echt nicht wissen, dass ich mich wieder heimlich hab schrumpfen lassen. Die wird ausflippen. Ich vermute, sie hat Sorge, dass die Sache mit der Schrumpferei bekannt wird. Dann hätte die Schulleitung nämlich ein Problem. Kein winziges, sondern ein RIESIGES.

Es ist schließlich nicht die normalste Sache der Welt, dass ein Physiklehrer, der zufällig auch ein genialer Erfinder ist, in seinem Labor in der Schule eine Maschine aufbewahrt, in der ein Schüler durch einen blöden Zufall auf Ameisengröße geschrumpft wurde.

Aber genau das ist mir vor einigen Wochen passiert. Es war kurz vor den Sommerferien, und ich habe mich in dieser Schrumpfmaschine, die aussieht wie ein hoher Panzerschrank, vor dem Trio Krawallo versteckt. Das sind Alex Krawoll und seine besten Freunde Paul und Moritz. Die drei machen mir das Leben zur Hölle und ärgern mich, wo es nur geht.

Na, jedenfalls bin ich in diesen Schrank geschlüpft, der plötzlich aktiv wurde und mich miniklein schrumpfte. Was dann geschah, war ein großes Abenteuer, bei dem ich tolle Freunde gefunden habe: die Ameise Andi, die Wespe Ssuzi, den Regenwurm Professor Max und die Raupe Olaf. Ohne sie wäre es mir nie gelungen, das Abenteuer zu überstehen und die Schrumpfung rückgängig zu machen.

Und nun bitte ich Doktor Yogeshwar öfter mal, mich für kurze Zeit wieder zu verkleinern, damit ich meine neuen Freunde besuchen kann. Ich will selbst mal Erfinder werden, und der Schrumpfschrank ist die größte Erfindung aller Zeiten. Ich liebe es, als Winzling in die Welt der Insekten zu reisen. Zuerst war Frau Bissl-Brettig noch damit einverstanden, aber jetzt würde sie ihre Erlaubnis am liebsten zurückziehen, befürchte ich. Sie hat wohl Angst, dass die Sache irgendwann außer Kontrolle gerät. Darum muss ich höllisch aufpassen.

»Guck mal, Ben, die Krawallosss sssind auch schon da!«, meldet sich mit einem Mal Ssuzi.

Äh, wie bitte? Ich schrecke aus meinen Gedanken hoch. Die Krawallos? Alex, Paul und Moritz?

»Sssiehst du sssie? Da unten«, sagt Ssuzi.

Oh Mann. Auch eine Woche nach den Sommerferien kann ich es nicht fassen, dass die drei Krawallos noch immer in meiner Klasse sind. Wieso wurden die versetzt? Ausgerechnet diese PEST auf Beinen.

Ihre Noten im letzten Schuljahr waren unterirdisch. Und ihretwegen hätte mein Schrumpfabenteuer um ein Haar in einer Katastrophe geendet. Ich darf gar nicht drüber nachdenken, was sie sich da alles erlaubt haben.

Aber die Schulleitung hat entschieden, Gnade vor Recht ergehen zu lassen.

Und wer ist der Leidtragende? Ich. Benjamin Pohlmann. Ich und Sebastian und Ludwig und Matz, meine besten Freunde.

Und natürlich meine Schwester Lilly. Lilly meint, die drei sind deshalb nicht sitzengeblieben, weil unsere Direktorin Frau Bissl-Brettig viel netter ist, als wir alle dachten.

Hallo? Geht's noch? Wenn sie tatsächlich nett wäre, dann hätten die Krawallos ja wohl keine zweite Chance bekommen.

»Aber sie ist verliebt. Und nur nette Menschen sind verliebt«, meinte Lilly neulich.

Meine Schwester ist zwar ziemlich schlau und hat in der Schule ein Jahr übersprungen – weshalb sie mit mir zusammen in eine Klasse geht –, aber manchmal spinnt sie total: Verliebtsein ist eine Krankheit, die ich mir niemals einfangen würde. Nur ältere Menschen verlieben sich. Die Ärmsten.

Ausgerechnet Frau Direktorin Bissl-Brettig und unser Lateinlehrer, Herr Püstel. Quintus Püstel. Seit Anfang des Schuljahres turteln sie miteinander. Das ging vermutlich schon in den Ferien los.

Uaaah! Ssuzi setzt zum Sturzflug an. Damit habe ich gar nicht gerechnet. Ich klammere mich umso fester an ihre Fühler. Und jetzt sehe auch ich die drei Krawallos. Sie machen sich davon. Zwei Stunden bevor die Schule überhaupt angefangen hat. Haben die hier übernachtet?

Sie verlassen die Schule aber nicht durch den Haupteingang. Der dürfte zu dieser Zeit auch noch abgeschlossen sein. Nein, sie ... Die sind aus einer Kellertür gekommen. Sind die hier EINGEBROCHEN?

ZSSSSSSRRRRRR!

Zum zweiten Mal an diesem Morgen schlägt mein Magen Purzelbäume. »Oooooh! Ssuzi, bitte nicht so plötzlich die Flugrichtung ändern!«, stöhne ich laut.

Ssuzi hört mich nicht. Sie zieht hoch. Nun ja, ist vielleicht auch besser so, sonst wäre sie in den nächsten Sekunden gegen Alex oder Paul oder Moritz gebollert.

ZSSSSRRRR!, saust sie an ihnen vorbei.

Sie bemerken uns natürlich nicht. Die meisten Menschen haben einfach kein Auge für die wichtigen Details im Leben.

ICH hingegen sehe drei aufgeschreckte Gesichter. Während wir an ihnen vorbeiflitzen, ruft Alex den anderen etwas zu. Ich höre so was wie: »Los, weg hier, schnell!« Sie stürzen zu ihren Fahrrädern. Die stehen ganz in der Nähe.

Und bevor Ssuzi durch den Fensterspalt hoch ins Schulgebäude fliegt, fallen mir noch zwei Dinge auf. Hey, wenn man nur noch ein paar Millimeter groß ist, kann man irre viel wahrnehmen. Viel mehr als ein großer Mensch.

Ich sehe nicht nur die drei Fahrräder von Alex, Paul und Moritz, sondern noch ein viertes. Und dieses vierte Fahrrad ist mir gut bekannt, weil es meinem Freund Ludwig gehört: Ludwig Theisen, genannt *der Vierzehnte*, weil er aus einer großen Familie kommt. Mit ihm zusammen sind sie zwar keine vierzehn, aber immerhin sechs Kinder.

Ludwig ist mit den Krawallos genauso wenig befreundet wie ich. Also warum steht sein Fahrrad bei ihren, hier am Nebeneingang, halb versteckt im Gebüsch, und nicht im Fahrradständer VOR dem Gebäude? Und was macht er überhaupt jetzt schon in der Schule?

Ludwig und Alex? Ich kann's nicht glauben.

WWWWUPPPP!

Ssuzi schwuppt mit Schwung durch den Fensterspalt. Jetzt befinden wir uns im Schulgebäude. Die Krawallos und die Fahrräder sind verschwunden. Durch den Schulflur hallt Ssuzis Summen, und wir rasen wie mit Überschallgeschwindigkeit geradeaus, an geschlossenen Klassenzimmern vorbei. Noch nichts los hier.

SSSSSMMMM!

Ssuzi fliegt die Treppen am Flurende hoch und hinauf ins Dachgeschoss, wo sich die Lehrmittelsammlung des Physikraums befindet und das Labor von Doktor Yogeshwar. Es ist zehn Minuten vor sechs. Wir sind überpünktlich.

»Yippie!« Ssuzi landet auf dem großen Schreibtisch von Doktor Yogeshwar. Und zwar auf der Keksdose, die dort am Rand steht. Ab und zu braucht der Doktor beim Denken einen Keks. Außerdem ist die Keksdose ein idealer Ssuzikopter-Landeplatz. Hier findet mich der Doktor leicht, wenn ich geschrumpft bin und wir uns verabredet haben.

Der Rest des Schreibtisches ist überfüllt mit Büchern, Papieren, Klassenarbeitsheften und Notizschnipseln. Typisch mein Physiklehrer. Er sieht mit seinem langen, wirren, weißen Haar und seinem weißen Laborkittel nicht nur aus wie ein zerstreutes Genie, er ist auch eines. Zerstreut wie Keksgebrösel.

Ich muss lachen, weil ich unten, neben der Keksdose im Notizgewühl, einen Zettel entdecke, auf dem geschrieben steht, wie der Schrumpfschrank funktioniert. Kann er sich das tatsächlich nicht merken? Er hat das Ding doch selbst erfunden.

Ssuzi hat die Obstschale gewittert, die auf einem schiefen Stapel alter Pizzaverpackungen steht, einen halben Meter neben der Keksdose.

Immer wenn Doktor Yogeshwar an einer neuen Idee tüftelt, hat er keine Zeit zum Essen und bestellt sich was vom Lieferservice. Wenn ich dann zufällig bei ihm bin, um mit ihm über Erfindungen zu sprechen, werde ich eingeladen. Da kommen einige Schachteln zusammen, und der Turm ist ziemlich hoch.

Für mich gleicht dies alles hier einer Schreibtischlandschaft mit zwei hohen Bergen und einem Tal voller Papier und Stifte, groß wie Baumstämme. Na, dann werde ich mal auf einem der Berge, auf der Keksdose, warten, bis der Doktor kommt. Hier wird er mich ja suchen: Treffpunkt Dose. Sechs Uhr.

Kapitel 2

Was ist hier nur passiert?

BOBOMM! – BOMM!

Was war das? Kanonenschüsse? Oder ein Rumpeln? Es kam von irgendwo aus der Schule. Hat der Hausmeister den großen Schrank umgeworfen, in dem er die Fußbälle aufbewahrt, die er uns in diesem Jahr schon weggenommen hat? Seitdem Matz mal volle Granate den Ball ins Klofenster gesemmelt hat und die Scheibe dabei zu Bruch ging, benimmt sich Herr Zindel wie ein Ball-Allergiker. Leider.

BOROMM!

Schon wieder. Etwas leiser. Der Fußballschrank kann das dann wohl nicht sein. Umgefallen ist umgefallen. Das macht nur einmal **BOMM**. Sehr seltsam.

Ssuzi bemerkt den Lärm nicht. Oder er ist ihr egal. Sie sitzt auf der Obstschale und knurpselt an einem Stück Ananas herum. Wenn Ssuzi Süßigkeiten findet, macht ihr Gehirn Urlaub.

Ich nehme das Zimmer genau unter die Lupe. Du meine Güte, Doktor Yogeshwar hat am Wochenende wohl ziemlich umgebaut hier oben. Viele Regale sind verschoben, zwei Stühle sind umgefallen. Sachen liegen am Boden. Braucht er Platz für eine neue Erfindung?

Schade, dass Andi heute Morgen nicht dabei ist. Andi ist die klügste Ameise der Welt. Er hätte vielleicht schon eine Idee, was der Lärm bedeuten könnte. Aber Andi hat im Ameisenbau zu tun – im Dienste ihrer Majestät, der Ameisenkönigin Amalia, die mit vollständigem Namen *Ameise-01A-Nestbau-Leitung-Innen Abteilung Sektor I Planung-Verwaltung* heißt.

Ameisen sind so schlau, dass sie sich die kompliziertesten Namen merken können. Weil in jedem Ameisenvolk Millionen einzelner Ameisen leben, hat jede von ihnen einen ganz eigenen Namen, der auch gleich erklärt, was sie macht und so.

Amalia war meine Idee, denn mit ihrem richtigen Namen komme ich immer durcheinander. Ist ja schon bei Andi so, der eigentlich *Ameise-41zk-Nestbau-Nord-Sektor D-Innen, zurzeit Leitung Wachtrupp Königinnenkammer* heißt.

Andi ist nämlich befördert worden, weil er vor den Ferien das Ameisenvolk im Garten von Schloss Büchenburg gerettet hat. Also, zusammen mit mir und Ssuzi während unseres großen Abenteuers.

Bumm! Himmel, noch ein Rumsen. Und nochmals leiser. Was geht hier vor? Und wo bleibt Doktor Yogeshwar? Es ist schon längst nach sechs Uhr, und er …

Hey, ich höre ihn. Er schnauft die Treppe zum Dachgeschoss hoch. Hat ER vielleicht diesen Lärm verursacht? Was hat er denn? Er ist ja ganz außer Puste.

»Mir wehlen die Forte!«, schimpft er. »Bin ich gloch datt auf einen Telefonscherz fereingehallen, äh: hereingefallen. Freine Mau … also, meine Frau hat sich gar nicht das Bein gebrochen. Koffentlich homme ich poch nünktlich – noch pünktlich. Ben? Ben? Bist du schon da?«

Ui, ui, ui. Der Doktor ist total verwirrt. Wenn er verwirrt ist oder aufgeregt, verwechselt er Buchstaben, verdreht Worte oder spricht rückwärts. Kann sehr lustig sein. Man muss aber genau hinhören, um ihn zu verstehen. Da hat ihm wohl jemand einen üblen Streich gespielt. Jetzt flitzt er mit seiner weißen Wirbelwind-Frisur zurück ins Labor und sucht nach mir.

»Ich bin hier!«, rufe ich. »Auf der Keksdose. Der winzige, winkende Punkt. Das ist kein Floh. Das bin ICH, BEN. Hiiiihier!«

Ich springe, winke und brülle, so laut ich kann. Zum Glück hat er nicht vergessen, dass ich IMMER auf der Keksdose stehe, wenn ich als Winzling zu ihm komme. Außerdem hilft mir Ssuzi. Surrend hebt sie von der Obstschale ab und umkreist einmal den Doktor und dann die Keksdose.

Lautes Wespengesumme fällt jedem auf, sogar einem verwirrten Physiklehrer. Doktor Yogeshwar sieht Ssuzi und die Dose und rauscht darauf zu. Sein Kopf ist ein Brille tragender Riesenkomet. Das lange, wirre weiße Haar könnte der Schweif des Kometen sein.

WUSCH – saust er heran und stoppt gerade noch rechtzeitig, bevor er mich plattdrückt wie einen Popel.

Die Nase des Doktors erinnert mich an den Bug eines Tankschiffs. Einzig die Haare, die aus den Nasenlöchern wachsen, stören den Eindruck etwas. Und oberhalb des Nasenbugs blinken zwei gigantische Fenster. Die dicken Gläser einer Brille. Doktor Yogeshwar hat mich gesehen.

»Ben. Ach, wie schön! Beeilung. Schurück in den Zank. Du musst entschrumpft werden. Drau Firektor Brettel-Bissig kann jeden Moment auftauchen. Die Fule schängt bald an!«

Ja doch, Herr Doktor. Immer mit der Ruhe. Wird schon alles gut gehen. Mit zittrigen Fingern hält er das Innenkästchen einer Streichholzschachtel an die Keksdose. Ich hüpfe rein wie in ein schaukelndes Rettungsboot, das dann von der Keksdoseninsel ablegt.

So machen wir das immer. Doktor Yogeshwar setzt mich in der Schachtel auf den Boden des Schrumpfschranks, schließt die Tür, betätigt die Schaltungen außen am Schrank, und ich wachse auf meine ursprüngliche Größe.

In den Sommerferien hat der Doktor den Schrank weiter verbessert. Die Schrumpftechnik benötigt jetzt viel weniger Strom als vorher, und der Doktor muss nicht mehr diesen komischen Sicherheitshut tragen, der ihn vor Überspannungen schützt.

Na, wenn ich an das Abenteuer von vor den Ferien denke, dann war der Hut sowieso eine Fehlentwicklung. Der neue Schrank ist total einfach zu bedienen.

»Um Wimmels hillen!«, ruft der Doktor plötzlich.

»Schrer Dank, ich meine: der Schrank. SCHWERVUNDEN! Beinrächer … äh … EINBRECHER. Man hat den Schrank gestohlen!«

UAAAAAH! SOS! SEENOT!

Doktor Yogeshwar ist dermaßen durcheinander, dass er verzweifelt die Arme in die Luft wirft und sich auf den Stuhl an seinem Schreibtisch fallen lässt, ohne weiter an mich zu denken. In seinem Blick steht blanke Panik. Er sinkt nieder, und mein Rettungsboot aus Streichholzschachtelpappe geht mit ihm unter.

Das heißt, ich gehe über Bord, kaum dass er die Arme hebt. Ich taumle durch die Luft, falle über den Rand der Schachtel, rase zu Boden.

Zum Glück bin ich im Schrumpfzustand ziemlich unverletzlich. Auch ein Sturz aus ein oder zwei Metern Höhe macht mir seltsamerweise nichts aus. Aber es fühlt sich an wie in einer Todesachterbahn, wenn es mit einem Mal in die Tiefe geht. Ich schreie, rudere mit den Armen und …

SSSSSSSSSSSSSST–POFF!

… lande auf Ssuzis Rücken. Sie hat alles beobachtet und ist zu meiner Rettung geeilt. Die Gute.

»Wasss hat denn der Ananasssmann?«, summt sie.

Ssuzi dreht eine Runde und landet wieder auf der Keksdose. Dann bleibt sie neben mir sitzen.

Der Doktor ist auf seinem Stuhl zusammengesunken und blickt entsetzt in Richtung Schrank. Wieso ist mir das nicht gleich, als wir hier reinkamen, aufgefallen? Der Schrank fehlt. Dort, wo er stand, ist nur noch ein heller Fleck am Boden.

Der Schrank wiegt bestimmt über hundert Kilogramm, ist schwer wie ein Tresor aus Stahl. Dennoch hat man ihn fortgeschleppt. Ich denke an Alex, Paul und Moritz, die schon vor sechs Uhr morgens in der Schule waren. Ich denke an Ludwigs Fahrrad und an den Lärm, den ich gehört habe.

Und im nächsten Moment schwillt der Lärm wieder an, denn Frau Direktorin Bissl-Brettig und Hausmeister Zindel stürmen auf den Dachboden.

Was ist denn bloß passiert?

Nun geht es rund im Labor, und ich bin froh, dass unsere Direktorin mich nicht bemerkt. Was sich hier heute Morgen abspielt, ist eine Katastrophe siebten Grades.

Frau Bissl-Brettig und unser Hausmeister Herr Zindel reden auf Doktor Yogeshwar ein. Der stammelt

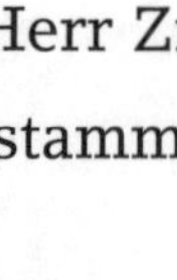

wirres Zeug. Ich versuche, aus all dem Gerede schlau zu werden.

Also, Folgendes wird mir nach und nach klar: In unsere Schule wurde heute Morgen eingebrochen. Herr Zindel hat gerade eben entdeckt, dass eine der Türen zum Schulkeller offen stand.

Hier und dort wurden Treppenstufen in der Schule beschädigt. Vor allem die Holztreppe zum Dachgeschoss, wo sich das Labor befindet.

»Wie die Vandalen!«, schimpft Herr Zindel. *Vandalen* gehört zu seinen Lieblingswörtern. Meist meint er damit uns.

Von den Einbrechern fehlt allerdings jede Spur. Und jetzt, als Frau Bissl-Brettig und Herr Zindel Doktor Yogeshwar befragen, weil der immer so früh in der Schule ist und womöglich was gehört hat, erklärt der Doktor, dass sein Schrumpfschrank fehlt und dass er nichts von dem Diebstahl mitbekommen hat, weil ihn ein Telefonanruf nach Haus gelockt hat.

»Haben SIE etwa die Kellertür offen stehen lassen?«, fragt Herr Zindel.

»Nein, nein«, stammelt der Doktor. »Tie Dür … also: die Tür … Ich bin doch … vorne heraus. Durch den

Gnagnietpuah, also den Haupteingang. Schlit meinem Müssel … mit meinem Schlüssel.«

»Aha«, raunt Herr Zindel. Er sieht nicht besonders überzeugt aus. Was vielleicht auch am wirren Gerede des Doktors liegt.

Frau Bissl-Brettig guckt ebenfalls kritisch. »Der Schrumpfschrank fehlt, soso«, brummelt sie und sieht sich um. »Sonst nichts? In mein Büro und ins Lehrerzimmer ist jedenfalls nicht eingebrochen worden. Auch die Klassenzimmer wurden nicht betreten. Hm.«

Worauf will sie hinaus? Doktor Yogeshwar schwitzt wie ein Brausekopf.

Frau Bissl-Brettig setzt ihren Verhörblick Nummer eins auf.

»Sie haben doch niemanden geschrumpft in letzter Zeit, oder? Das hatten wir ja so besprochen.«

Uuuuh, die Augen der Direktorin durchbohren den Doktor wie ein doppeltes Laserschwert. Das hält nicht jeder aus. Doktor Yogeshwar wird kreidebleich. Man kann sein weißes Haar kaum noch von seiner Gesichtsfarbe unterscheiden.

»Nicht wahr?«, wiederholt die Bissl-Brettig bissig. »Wir waren uns doch einig, dass die Verkleinerungen in der Schulzeit unterbleiben.« Sie zögert. Dann lächelt sie und meint: »Also ist dieser Diebstahl für die Schule nicht allzu schlimm. Sehe ich das richtig?«

Die Frage geht glasklar an den Doktor. »Äh, ich … äh …«, zögert er.

Ob er verrät, dass ich, Benjamin Pohlmann, den Schrank zurzeit sehr gut gebrauchen könnte? Auweia, das gibt Ärger, wenn herauskommt, dass Doktor Yogeshwar mich heimlich geschrumpft hat.

»Nein, nein, nein, n…niemand ist zerkleinert … Ich meine natürlich VERkleinert worden«, stottert er.

Hu, eine glatte Lüge. Gilt das noch als Notlüge?

»Aber der Schrank ist natürlich … sehr wichtig«, fügt er kleinlaut hinzu. »Für die Schissenwaft, also: die Wissenschaft. Vielleicht sollten wir darum doch … die Zolipei rufen und eine F…Foßgrahndung einleiten? Wir müssen den Frank schinden!«

Ja, denke ich, den Schrank sollten wir tatsächlich finden. Und zwar schnell. Ich fühle mich mit fünf Millimetern Größe zwar flohwohl, aber ab und zu möchte ich Mama und Papa doch mal umarmen können und mit meiner Schwester Lilly streiten. Auf Augenhöhe.

Frau Bissl-Brettig allerdings scheint ganz anderer Meinung zu sein.

»Hmmm. Ich verstehe, Herr Doktor«, säuselt sie so süß wie falsch. »Ich werde darüber nachdenken. Aber dieser Schrank hat bisher nur Unruhe in den Schulbetrieb gebracht. Vielleicht sollten wir es also als glückliche Fügung des Schicksals betrachten, dass wir nun wieder eine ganz normale Schule sind. HUCHJE!«

Mein Herz bleibt fast stehen, als die Bissl-Brettig plötzlich aufschreit. Was hat sie denn? Ich hab mich grad suchend im Raum umgesehen, ob da nicht vielleicht doch irgendwo Spuren des Einbruchs zu entdecken sind, als mich der Schreckruf unserer Direktorin erwischt. Und dann muss ich lachen.

Kapitel 3

Kleine Probleme – große Probleme

Dodo.

»Wuff! Wuff!«

Dodo ist der total niedliche Hund von Herrn Püstel. Ein schneeweißer Terrier. Genauer: ein *West Highland High Terrier*. Sogar Frau Bissl-Brettig, die ja seit Neuestem mit Herrn Püstel rumturtelt, mag Dodo. Nicht nur wegen Püstel, sondern auch, weil West Highland High Terrier so ein fürchterlich kompliziertes englisches Wortungetüm ist.

Jetzt lächelt sie und streichelt die vollbehaarte weiße

Spaßkugel, die da immer wieder an ihr und Doktor Yogeshwar hochspringt. Dodo schnüffelt hier und da und flitzt anschließend durch sämtliche Winkel des Labors.

Herr Püstel bringt ihn seit Ferienende morgens mit in die Schule. Püstels Haushälterin musste zu ihrer kranken Schwester fahren. Während ihrer Abwesenheit kann niemand auf Dodo aufpassen. Na, WIR übernehmen den Job gern.

Normalerweise kriegt Frau Bissl-Brettig bei Tieren in der Schule die Krise. Bei Dodo macht sie eine Ausnahme. Gleich in der ersten Stunde nach den Ferien hat sie ihn aufs Lehrerpult gesetzt und über Terrier, die schottischen Highlands und tausend andere Sachen gefaselt.

Bis Dodo gerochen hat, dass sie wohl Leckerlis in ihrer großen Tasche neben dem Pult hatte. Er ist von der Tischplatte direkt in die Tasche gesprungen.

Flupp! – und nur noch ein weißer wedelnder Stummelschwanz guckte heraus. Wir haben gegrölt vor Lachen, und Frau Bissl-Brettig hat fast den Herzkasper bekommen. Spätestens da war Dodo unser aller Freund.

»Braver Hund, braaav«, säuselt sie nun. Sie hat ihm die Sache mit der Tasche längst verziehen.

Dodo flitzt wieder davon, die Treppe hinunter. Vermutlich hat Herr Püstel von unten gerufen. Kaum ist Dodo verschwunden, verliert die Bissl-Brettig ihr Gute-Laune-Gesicht und wendet sich erneut Doktor Yogeshwar zu.

»Also, KEIN Schrumpfschrank mehr«, sagt sie. »Sie können sich ja einer anderen Erfindung widmen. Wie wäre es mit einer Vokabel-Lernmaschine? Meine Schüler haben mit den Englischvokabeln immer Schwierigkeiten. Was ich gar nicht verstehe.«

Sie versteht das nicht? Hallo? Letzte Woche wollte sie wissen, was *Kummerkastentante* auf Englisch heißt. Geht's noch? Lilly war die Einzige, die das blöde Wort übersetzen konnte: *Agony aunt*. Ich wusste sofort, dass die Bissl-Brettig ganz bestimmt NIE meine Kummerkastentante wird, falls ich mal eine brauche.

Wie fies sie den Doktor jetzt anguckt. Hat Lilly nicht behauptet, dass verliebte Menschen nett sind? Die verträumten Augen unserer Direktorin, wenn sie mit Herrn Püstel turtelt, sind genau das Gegenteil von dem, was ich da grad sehe. Sie gibt Doktor Yogeshwar zu verstehen, dass sie das Verschwinden des Schranks prima findet. Für sie gilt: Schwamm drüber und gut.

Hey, was ist das für ein Lärm? Oh, alles klar, gleich fängt die erste Stunde an. Meine Mitschüler stürmen ins Labor. Im Klassenzimmer war ja niemand, und die Tür zur Dachbodentreppe stand weit offen. Vermutlich war die Stimme der Bissl-Brettig bis unten zu hören.

Alle aus meiner Klasse sind extrem neugierig. Lilly steckt als Erste ihre Nase durch die Tür. Es folgen Basti und Matz. Dann Hanno, Philipp, Saskia, Carolin und noch ein Schwung. Zuletzt schleichen Alex, Paul und Moritz herein. Nanu, die sind wieder zurück? Aber wo steckt Ludwig?

»Ruhe, Kinder!«, ruft die Bissl-Brettig, weil ihr das Geschnatter zu laut wird. »Zurück in die Klasse mit euch. Der Unterricht beginnt in fünf Minuten. *The Ghost of Canterville Castle*. Be prepared!«

Uff, Englisch. Ausgerechnet bei der Bissl-Brettig haben wir heute die erste Stunde. Stichwort: *Agony aunt*. Heißt *agony* nicht auch *Todesqualen?* Nach und nach verschwinden meine Mitschüler, trampeln die Treppe hinunter, sodass die gesamte Schule bebt. Hausmeister Zindel schimpft, während er dem lärmenden Tross folgt.

Was nun? Außer Doktor Yogeshwar wissen nur Lilly,

Matz, Basti und Ludwig, dass ich geschrumpft bin. Alle anderen allerdings werden sich Gedanken machen, wenn ich in den nächsten Tagen nicht in die Schule komme. Bleibt der Schrank verschwunden, habe ich bald ein Riesenproblem. Und für jemanden, der nur wenige Millimeter groß ist, ist ein Riesenproblem nicht witzig.

Ich brauche schnellstens Hilfe und Rat. Ich muss mit Lilly und meinen Freunden sprechen. Und mit Andi und Professor Max, dem schlauesten Regenwurm der Welt.

Vielleicht weiß mein Ameisenfreund Andi sogar was von dem Diebstahl. Ameisen sind wachsame Insekten. Sie haben überall in unserer kleinen Stadt Odenberg Nester angelegt. Nichts entgeht ihnen. Wenn der Schrumpfschrank aus der Schule geschleppt wurde, dann ist ihnen das sicher nicht entgangen.

»Hey, Ssuzi«, rufe ich. »Kannst du bitte zum Ameisenbau fliegen und Königin Amalia fragen, ob Andi mir helfen darf? Ssuzi?«

Wo steckt sie denn? Sie saß doch eben noch neben mir.

»SSUZI!!!«

Och Manno, ich entdecke sie auf der Obstschale. So was Verfressenes. Sie schaltet auf taub, sobald sie Süßes zwischen ihre Beißerchen bekommt. Aber jetzt wird es Zeit für eine Diät, meine Liebe. Du musst dich auf den Weg machen. Und zwar schnell wie ein Düsenjet.

Während Doktor Yogeshwar noch ein paar Worte mit der Direktorin wechselt und dabei todunglücklich aussieht, nehme ich Anlauf, hüpfe von der Keksdose, fliege gefühlte hundert Meter durch die Luft und lande auf dem Schreibtisch.

Dann sause ich weiter und kraxle den schiefen Turm von Pizza hinauf – also den Stapel leerer Pizzapappschachteln, auf dem die Obstschale steht.

Geschafft. Ich bin oben.

»Los, Ssuzi!«, rufe ich und erkläre ihr, was sie tun soll.

Sie kaut so laut wie eine Ananas-Erntemaschine, und dann wird sie rot. »Die Königin?«, summt sie, »die issst aber immer sssooo sssstreng!«

»Ach, Quatsch, Ssuzi. Das ist ein Notfall. Außerdem mag Königin Amalia dich. Denk daran: Wir haben vor den Ferien das Ameisennest im Schlossgarten gerettet.«

Ssuzi nickt tapfer. Doch sie hat auch ein bisschen

Angst. Eine Wespe ist zwar größer als eine normale Ameise. Wenn die Wespe allerdings Ssuzi heißt, ist sie auch schüchtern wie ein Gänseblümchen.

Außerdem bekommt vermutlich jede Wespe Respekt, sobald sie sich einem Ameisenbau nähert, in dem ungefähr fünf Millionen Einwohner leben: jeder mit kräftigen Beißzangen ausgestattet und bereit, den Bau mit seinem Leben zu verteidigen. Normalerweise meiden Wespen die Nähe von Ameisen.

Ssuzi und Andi sind jedoch dicke Freunde. Und als ich Ssuzi den Rat gebe, der Königin als Geschenk ein Stück Ananas mitzunehmen, traut sie sich endlich. Sie weiß, dass Königin Amalia von manchen ihrer Untertanen scherzhaft Königin Ananastasia genannt wird, weil sie Süßes über alles liebt.

Ich selbst will zu Max und Olaf, die bei uns in der Klasse leben, in einem alten Aquarium. Als Ssuzi startet, nimmt sie mich noch mit bis vor die Tür des Klassenzimmers, wo die Bissl-Brettig mittlerweile eingetroffen ist und bereits unterrichtet. Ich rufe Ssuzi ein »Treffpunkt Max!« hinterher. Dann flitze ich unter dem Türschlitz des Klassenraums hindurch und sehe vor mir die Mitschülergebirge aufragen.

Moritz ist grad schwer im Stress. Die Bissl-Brettig lässt ihn die Geschichte des Geistes von Canterville nacherzählen. Auf Englisch. Moritz und Englisch, das passt zusammen wie Käsefüße und Veilchenduft.

Während ich auf dem Weg zu Max und Olaf außen an der Glaswand des Aquariums hochkraxle, wird hinter mir immer wieder gekichert. Ich kann Lilly und Basti raushören. Na, das wird in der Pause sicher Ärger mit den Krawallos geben, denn wenn man über Moritz lacht, fühlen sich Alex und Paul ebenfalls angegriffen.

Höher und höher ... Ich LIEBE die Fähigkeiten, die ich nach dem Schrumpfen gewinne. Zum Beispiel, dass ich wie ein Insekt an steil in die Höhe ragenden Glasflächen hochklettern kann, ohne runterzuplumpsen.

Unser Klassenaquarium auf der Fensterbank neben dem Waschbecken ist in Wirklichkeit ein Insektarium. Das Ding war eine Idee von Lilly und unserer Biolehrerin Frau Weidenbach. Eigentlich ist es ein WURMARIUM, wie Basti mal sagte, denn dort drinnen leben vor allem zwei total faszinierende, schlaue Wesen: der Regenwurm Max und die Raupe Olaf.

Max, genauer *Professor Doktor Doktor Humus*

Honoribus Maximilian von Mull ist sogar ein richtiger Gelehrter. Für ihn ist unsere Schule eine Universität, eine WURMIVERSITÄT. Max weiß mehr als alle Schüler in der Klasse zusammen – inklusive der Lehrer.

Olaf, die Raupe, ist der Schüler von Max. Ein ziemlich verfressener Schüler, was Max manchmal auf die Nerven geht. Aber Olaf will unbedingt so schnell wie möglich ein Schmetterling werden, und wir alle hoffen, dass es bald so weit ist. Dick genug ist Olaf jedenfalls schon.

Du meine Güte, ich habe ihn nun zwei Tage lang nicht gesehen, und mir scheint fast, dass er gleich PLATZT. Seine grüne, mit gelb-schwarzen Punktstreifen gemusterte Haut sitzt eng wie ein praller Ballon.

Olaf ist nicht zu übersehen zwischen dem frischen Grün, das Lilly heute Morgen ins Aquarium getan hat. Er grinst, als er mich auf der Glasumrandung erkennt. Er kaut aber munter weiter. Englisch ist nicht grad sein Lieblingsfach. Nur Max folgt gebannt dem Unterricht.

PLUMPS – ich lasse mich fallen, nachdem ich über den Glasrand geklettert bin, und lande neben dem Regenwurm-Professor.

»Shocking!«

Das gilt nicht mir und meinem Sprung, sondern den Englischkünsten von Moritz. Max spricht perfektes Wurm-Englisch. Jetzt liegt er aufgeringelt am Boden des Aquariums. Den Kopf hat er erhoben.

»Hallo, Professor«, sage ich. Wenn ich ihn mit *Professor* anrede, ist er gleich besser gelaunt.

»Ich grüße dich, junger Hüpfer«, antwortet er und stößt gleich wieder ein lautes *Shocking!* aus. »Hat man SO WAS schon gehört? *The Ghost ghostles in the Castle-Keller*. Soll das etwa heißen: *Der Geist geistert im Burgkeller*? Du meine Güte, Ben, die Grundausbildung in englischer Sprache an dieser … ähem … Wurmiversität ist stark verbesserungsbedürftig. Man ringelt sich geradezu vor Scham.«

Ich stimme ihm zu. »Moritz ist allerdings ein Spezialfall«, sage ich. »Er und Englisch, das … das ist so wie … wie 5-Uhr-Tee mit Bockwurst. Verstehen Sie?«

»Bockwurst?« Max runzelt die Stirn. Er begreift nicht, was an Bockwurst zum Tee unpassend sein soll.

Das hat vielleicht damit zu tun, dass ein Regenwurm und eine Bockwurst gewisse Ähnlichkeiten aufweisen.

Doch ich habe jetzt ganz und gar keine Zeit, um über Bockwurst, Moritz oder das *Ghosten* von Geistern zu sprechen. Was war los in der Klasse, bevor ich vom Dachboden kam? Ich stelle fest, dass außer mir an diesem Morgen auch noch Ludwig fehlt. Das ist sehr mysteriös, schließlich habe ich Ludwigs Fahrrad in aller Frühe vor der Schule gesehen.

Max erklärt mir, dass Paul Ludwig entschuldigt hat. Er habe Bauchweh, hat Paul gesagt. Mysteriöser als mysteriös kommt mir das vor, denn Paul und Ludwig hatten noch nie was miteinander zu tun.

Und was mich selbst betrifft: Lilly hat der Bissl-Brettig wohl erklärt, ich leide unter einer Sommergrippe. Die könne noch ein paar Tage anhalten.

Sommergrippe ist eine prima Ausrede. Verschafft mir etwas Zeit.

Und der Einbruch? Haben Max und Olaf vor Schulbeginn was davon mitgekriegt?

Max wendet sich an seinen Schüler: »Olaf, hast du mir nicht heute Morgen gesagt, du seist bei einem Erdbeben fast vom Blatt gefallen?«

Ein Erdbeben? Ich horche auf.

»Ein Erdbeben – mampf, mampf. Genau«, bestätigt Olaf. »Da war mehrmals so ein … ein WUMM.«

Ein WUMM?

Olaf behauptet, es sei gegen sechs Uhr morgens gewesen. Da war ich mit Ssuzi grad oben auf der Keksdose gelandet. Hab ich da nicht auch etwas Seltsames gehört und an Kanonenschüsse gedacht?

Olaf spricht weiter: »Öh – mampf, mampf – kurz darauf … also NACH dem letzten WUMM, da war es erst mal wieder still. Und dann gab es ein – mampf, mampf – ein sehr lautes … öhm …«

Noch ein Wumm? Nun raus mit der Sprache. Olaf druckst rum.

»Was bitte genau meinst du?«, ermahnt ihn Max. »Du weißt doch, wie wichtig es für einen Gelehrten ist, sich präzise auszudrücken.«

»Ja, Chef«, mümmelt Olaf. »Aber ich – mampf, mampf – ich bin doch kein Gelehrter. Ich bin nur hungrig.«

»Shocking! Du bist viel eher ein Gefüllter als ein Gelehrter«, brummt Max. Ich muss lachen. Olaf wird rot.

»'tschuldigung, Chef«, sagt er kleinlaut. »Aber das Geräusch, das – mampf, mampf – das war so ein … ein Verdauungsgeräusch. Sehr laut. Ein – mampf, mampf – Magengrummeln vielleicht.«

Magengrummeln? Bei der Unmenge von Grünzeug, das Olaf täglich futtert, kennt er sich natürlich mit

Verdauungsgeräuschen bestens aus. Aber was genau meint er damit?

In diesem Moment ertönen ganz andere Geräusche: Ein Ssuzi-Summen. Und ein Andi-Schimpfen.

Kapitel 4
Stress schon in der ersten Stunde

»Iiiieh, eine Wespe!«

Oh nee, auch das noch. Carolin springt auf, quiekt wie ein gestresstes Meerschweinchen und zeigt auf Ssuzi, die grad durchs Fenster fliegt und auf das Aquarium zusteuert.

Ssuzi macht vor Schreck einen Satz nach oben. Doch der wirkt langsam und schwerfällig. Was kein Wunder ist, denn Ssuzi trägt Andi, eine ausgewachsene Ameise.

Sie hält ihn zwischen den Vorderbeinen. Das machen wir immer so, wenn wir zusammen weite Strecken zurücklegen: Ich sitze als Wespenpilot auf Ssuzis Rücken, und Andi hängt unter ihrem Bauch. Dabei schimpft er meist wie ein Rohrspatz, denn Ameisen hassen das Fliegen.

Leider bin ich in diesem Moment nicht Ssuzis Pilot und kann sie nicht beruhigen, und Andis Schimpfen hilft ihr ganz und gar nicht. Ssuzi ist nervös und schüchtern.

Nicht nur Carolin zeigt auf sie. Überall zwischen den Schulbänken schießen Hände hoch, und Fingerspitzen zielen Richtung Wespe. Die Ärmste denkt vermutlich, es werden Kanonenrohre auf sie gerichtet. Kanonen, die jeden Moment feuern könnten. Und gefeuert wird ja schon: mit Worten. Alle rufen durcheinander. Nur meine eigene Stimme ist für Ssuzi unhörbar.

»Ssuzi, schnell! Hierher!« Ich rufe und winke.

Max hat sich schockstarr aufgerichtet. Und Olaf hört erschrocken auf zu mampfen.

»Ssuzi!«

Sie steuert weiter auf das Aquarium zu. Du bist echt tapfer, Ssuzi!

»Boah, guckt mal. Ein fetter Brummer. Der sticht bestimmt. Den müssen wir totklatschen!«

Das kommt von Paul. So ein fieses Wurstgehirn.

Alex und Moritz springen ebenfalls von ihren Stühlen auf. Bei Carolin kann ich die Angst ja verstehen. Sie ist allergisch gegen Wespenstiche. Aber die Krawallos wollen bloß vom Unterricht ablenken und Stress machen. Das Leben eines Insekts ist ihnen egal. Paul schnappt sich sein Englischbuch und saust Richtung Aquarium. Er holt mit dem Buch aus und …

»SSUZI, ACHTUNG!«, brülle ich.

»Paul Felsmann. Du setzt dich jetzt SOFORT wieder hin!«

Puh, die Bissl-Brettig. Mit Darth-Vader-Stimme. Paul lässt das Buch sinken.

ZSSSSSSSSSSSSS!

Ssuzi überfliegt das Aquarium. Bevor Paul was Neues einfällt, höre ich ein sehr energisches: »Ich mache das schon!«

Meine Schwester Lilly. Sie hat verstanden, was los ist. Mit Panik in den Augen saust sie an Paul vorbei zum Aquarium auf der Fensterbank.

Die Bissl-Brettig will erneut losschimpfen, da ruft Lilly: »Ich öffne mal besser das Fenster, damit sie rausfliegen kann. Keine Panik, Paulchen. Die kleine Wespe tut dir nichts.«

Die Klasse fängt an zu lachen. Ich auch.

Gute Idee, Lilly. Paul, der eben noch den mutigen Angeber spielen wollte, steht plötzlich wie ein Feigling da, weil er Angst vor einem harmlosen Brummer hat.

Basti und Matz sticheln gleich weiter: »Nicht weinen, Pauli. Du kannst deine Waffe wieder hinlegen. Mit Büchern hast du es ja eh nicht so. Die megagroße Kampfwespe will dich ganz bestimmt nicht auffressen. Du schmeckst wahrscheinlich ein bisschen zu sehr nach doof.«

Uiuiui, Basti, DAS gibt in der Pause Stress mit den Krawallos. Die Klasse kriegt sich vor Lachen gar nicht mehr ein. Sogar die Bissl-Brettig muss grinsen, obwohl sie das mit dem *doof* natürlich tadelt. Solche Beschimpfungen gehen einfach nicht, Punkt.

Paul läuft puterrot an und steht da wie das Denkmal eines einsamen Trottels mit Englischbuch.

POFFF!

Himmel, hab ich mich erschrocken. Neben mir und Max fällt was Größeres mit sechs Beinen, langen Fühlern und kräftigen Kauzangen zu Boden.

Andi.

»Unverschämtheit – **krrrrk**«, knarrt er. »Diese Wespe macht mich noch wahn… – **krrrrk** – …sinnig!«

ZSSSSSRRRR! – Ssuzi schwirrt wieder vorbei. Lilly hat inzwischen das Fenster geöffnet. Ich schaue hoch. Ssuzi guckt mich verwirrt an. Mein Daumen-Hoch-

Zeichen entlockt ihr zumindest ein leichtes Lächeln. Dann saust sie ab, schlüpft ins Freie, in Sicherheit.

Wir sehen uns später, Ssuzi, denke ich. *Warte draußen auf uns. Und DANKE für deinen Einsatz.*

Dann blicke ich neben mich. »Hey, Andi, alles klar?«

Nein, ist es nicht. Andi ist auf dem Rücken gelandet. Seine sechs Beine ragen in die Luft und führen hilflose Ruderbewegungen aus.

»Hilf mir mal, Max«, sage ich, stemme mich gegen Andi und versuche, ihn zu kippen. Er ist ganz schön schwer.

Max grummelt was von »Ein Wurmprofessor ist doch kein Ameisenumdreher«, schiebt aber doch seinen Kopf gegen Andis Thorax – so heißt der mittlere Abschnitt eines Ameisenkörpers –, und weil ein Regenwurm immer ein bisschen klebrig ist, bleibt Andi am Regenwurmkopf haften. Max ist stark. **SCHWUPP!** – die Ameise ist aufgerichtet.

»Danke – **krrrrk**. Jetzt kannst du mich loslassen, Professor.«

Max räuspert sich. »ICH lasse ja los. Lass besser DU meinen Kopf los, Andi.«

»ICH? **Krrrrk**?«

»Äh, also, Moment«, sage ich und muss lachen.

»Das ist – **krrrrk** – NICHT witzig, Ben.«

»Doch, irgendwie schon. Du musst ziehen, Andi. Und du auch, Max, aber in die andere Richtung. Ihr klebt aneinander.«

Sie verstehen und ziehen und …

SCHMATZ! – geschafft.

»Shocking!« Max hebt seinen Kopf und tut wieder ganz vornehm.

Immerhin ist Andi jetzt frei. Mit seinen Fühlern putzt er sich die Regenwurm-Schleimreste vom Körper. Max ist die Sache höchst peinlich. Schließlich ist er ein Gelehrter, ein Wurmiversitätsprofessor. An einem Professor sollte man nicht festkleben.

In diesem Moment taucht Lillys Kopf über dem Aquarium auf. Sie ahnt natürlich, dass Ssuzis Ankunft in der Klasse was mit mir zu tun hat.

Nun sucht sie mich. Sehr, sehr langsam schließt sie dabei das Fenster. Ich winke wie ein Irrer, bis sie mich entdeckt. Ein Anflug von Erleichterung huscht über ihr Gesicht.

»Liliane, würdest du dich bitte beeilen! Ich kenne bisher niemanden, der beim Fensterschließen eingeschlafen wäre. Etwas mehr Energie also, junge Dame.« Die Bissl-Brettig. Wer sonst?

»Ja, sofort«, sagt Lilly. »Ich wollte nur noch grad … Futter … Äh, ein bisschen Wasser für die … für unser Insektarium besorgen.«

»Das muss doch nicht jetzt sein. Wir haben ENGLISCH, nicht Biologie.« Die Direktorin spricht das Wort Biologie wie etwas aus, das auf den Kompost gehört.

»Zurück auf deinen Platz. Und dann wird gelesen. Seite vierundfünfzig. Eure Aussprache ist noch immer eine Katastrophe.«

»Ja, ich hab's gleich. Einen Moment noch.«

Auwei, die Bissl-Brettig wird schon leicht wutrot. Sie kann es ganz und gar nicht ausstehen, wenn man nicht augenblicklich tut, was sie sagt. Ist wohl eine Direktorinnen-Krankheit.

Lilly aber fasst sich mit der linken Hand ans Ohr und zieht mit der rechten schnell was aus ihrer Hosentasche. Ich weiß, was das bedeutet. Fix ziehe ich mein eigenes Mikro-Walkie-Talkie aus der Beintasche meiner Lieblingshose und schalte es ein.

Dieses Handfunkgerät ist meine neueste Erfindung. Ich brauche es, weil ich geschrumpft zwar immer alles verstehen kann, was Größere in meiner Nähe sprechen, von den Größeren allerdings werde ich nicht mal dann gehört, wenn ich brülle wie ein Fan im Fußballstadion.

Das Walkie-Talkie funktioniert auch dann noch, wenn eines der Sende-und-Empfangsgeräte – nämlich meines – auf Winzlingsgröße verkleinert wurde. Es gibt noch drei solcher Geräte: Eines besitzt Lilly, das zweite meine Eltern, das dritte Doktor Yogeshwar.

Lillys Gerät hat einen Empfänger, den sie sich, weil es unauffälliger ist, wie ein Hörgerät direkt ins Ohr stöpselt. Das hat sie grad getan. Jetzt drückt sie den Einschaltknopf.

Knister-Knister – es kann losgehen.

Das Walkie-Talkie ist leider noch nicht ganz ausgereift. Bisher klappt die Verbindung von Riese zu Winzling nur, wenn die Geräte nicht weiter als einen knappen Meter voneinander entfernt sind. Lilly beugt sich also über das Aquarium, um mir möglichst nah zu sein.

»Ben?«, flüstert sie.

»Lilly? Ich warte nicht gern!« Das ist nicht meine Antwort, sondern Frau Direktor *Bissl-ich-geh-gleich-so-was-von-in-die-Luft-Brettig*.

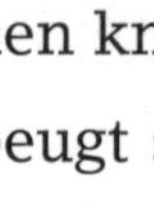

Mir bleiben nur Sekunden, um Lilly zu erklären, was geschehen ist. »Lilly!«, rufe ich ins Sprechteil des Geräts. »Die Krawallos waren heute Morgen schon um sechs Uhr in der Schule. Haben die vielleicht was mit dem Einbruch und dem gestohlenen Schrumpfschrank zu tun? Ihr müsst sie aushorchen, Basti, Matz und du. Außerdem stand Ludwigs Fahrrad vor der Schule. Er kann nicht krank sein. Aber wo steckt er? SOS! Ich brauche den Schrank zurück, sonst ...«

In diesem Moment platzt Frau Bissl-Brettig der Kragen. »HIN-SET-ZEN. Jetzt wird es mir aber zu bunt!«

»Ja doch«, murmelt Lilly. Sie hat alles gehört, was ich zu sagen habe, und flitzt zurück zu ihrem Platz.

Alex, Paul und Moritz gucken finster. Haben sie bemerkt, wie Lilly mit mir Kontakt aufgenommen hat?

Der Englischunterricht geht weiter. Max, Andi, Olaf und ich besprechen die Lage. Andi ist schon über alles informiert. Mehr oder weniger.

»Ssuzi ist eine fliegende Schwatzbacke - **krrrrk**«, knarzt er. »Sie sagt, die Krawallos haben Kanonen abgefeuert und den Dachboden gestürmt. Dabei ist dem Ananas-Mann ein Hund auf den **Krrrr**-Kopf gefallen. Der Ananas-Mann ist ohnmächtig geworden, und der Hund hat den Schrumpfschrank entführt. Dann sind die Krawallos davongefahren und haben ein Erdbeben verursacht.«

»Äh ...« Mir steht der Mund offen. »Also, ich glaube, da hat Ssuzi einiges durcheinandergebracht.«

»**Krrrrk! Krrrrk! Krrrk!** Typisch Ssuzi«, lacht Andi. »Ich kann mir aber denken, was passiert ist, und habe nur noch zwei Fragen.«

»Ja?« Ich sehe ihn an.

»Was ist Ssuzi auf den Kopf gefallen? Und hast du vielleicht ein Stück Scho-**krrrr**-kolade?«, will Andi wissen.

Olaf und ich lachen. Sogar Max lässt sich anstecken. Andi ist total verrückt nach Schokolade. Als ich ihn vor den Ferien kennenlernte, war ein Schokoriegel, den ich zufällig dabeihatte, der Beginn unserer Freundschaft.

Ich habe nur noch einen einzigen geschrumpften Riegel in der Hosentasche. Unter der Tischplatte an meinem Platz liegt ein halber Riesenriegel, der ein ganzes Ameisenvolk ein halbes Jahr lang ernähren könnte. Leider kommen wir da jetzt nicht dran. Andi verschlingt den Mini-Riegel, den ich aus der Tasche ziehe, mit nur einem Happs. Dennoch sieht er danach sehr zufrieden aus.

Kapitel 5
Andi erstattet Bericht

In den nächsten Minuten sprechen wir über den Fall des verschwundenen Schranks. Andi erzählt uns, dass er am Morgen gar nicht in seinem Bau unter dem Schlossgarten war, sondern in einem Nest in der Nähe des Komposthaufens an der Schule.

Deshalb hat Ssuzi so lange gebraucht. Sie ist zunächst zu den Ameisen von Schloss Büchenburg geflogen. Dort verriet ihr Königin Amalia, die sich schmatzend auf Ssuzis Ananas-Geschenk stürzte, wo sie Andi finden würde. Also sauste Ssuzi zurück Richtung Schule und

Komposthaufen. Unterwegs hielt sie Ausschau nach reifem Obst – für die Königin des neuen Nests.

Es handelt sich nämlich um eine Tochter Königin Amalias. Andi nennt sie *Ameise-01B-Nestbau-Leitung Wurmkasten Igelheim Abteilung Sektor I Planung-Verwaltung*. Mir ist das viel zu lang. Ich werde sie Königin ALWINA nennen.

Wurmkasten Igelheim ist das Ameisenwort für Komposthaufen. Der ist ja ein von Abertausenden wimmeliger Würmer bewohnter Kasten, in dem manchmal Igel überwintern. Ich weiß das vom letzten Jahr. Hausmeister Zindel hat gut auf die kleinen Stachelkugeln aufgepasst, die dort Winterschutz gesucht hatten. Vor allem hat er darauf geachtet, dass die schlafenden Piekser nicht von den Krawallos gestört wurden.

Andi sagt, dass ihm seine Königin einen neuen Auftrag erteilt hat. Er soll die Wächter-Ameisen im Nest am Komposthaufen auf ihre Arbeit vorbereiten. Andi hat von Königin Amalia sogar einen neuen Namen erhalten. Der lautet: *Ameise-41zk-Nestwächter-Zentralgarde-Sektor A-bis-D-Innen, zurzeit Leitung und Ausbildung der Abteilungen Sicherung und Alarm Nestbau Wurmkasten Igelheim.*

Oh, mein Gehirn. Wie soll ich mir das alles nur merken?

»Wow, Andi«, sage ich. »Ich bin echt stolz auf dich. Bald ist dein Name so lang wie der von Max.«

»Was eine sehr große Auszeichnung wäre«, betont Professor Max. »Ein bedeutender Name misst immer mindestens eine halbe Wurmlänge.«

»Krrrrk! Krrrrk! Krrrrrk!« Andi lacht. Und weil er nun eine so wichtige Ameise ist, klingt sein Kauzangen-Knarz-Lachen fast wie das Räuspern eines Generals.

Dann berichtet er von seinen Beobachtungen. Es ist ein großes Glück, dass sein neues Nest neben der Schule liegt. So hat er viel von dem mitbekommen, was hier am Morgen vor sich ging. Und während Andi erzählt, wird Max' Neugierde fast noch mehr geweckt als meine.

»Öhm, diese Verdauungsgeräusche, von denen Olaf, der immer nur ans Essen denkt, sprach, was könnte das gewesen sein?«, will er wissen.

Verdauungsgeräusche? Ach ja, ich erinnere mich. Olaf sagte was von einem sehr lauten Magengrummeln.

»'tschuldigung«, murmelt Olaf. »Aber genau so klang das – mampf, mampf.«

Andi überlegt. »Ich vermute, du meinst die Geräusche der **krrrrk**-krachenden GROSSDOSE, die hier kurz vor Sonnenaufgang davondonnerte. Sie war sehr, sehr laut.«

»Krachende Großdose?« Ich gucke ihn verwirrt an, dann aber geht mir ein Licht auf: Andi meint ein Auto. Ich weiß noch, wie die Ameisen mal einen Transporter, den Frau Bissl-Brettig fuhr, als Großdose bezeichneten. Und als EISENGETÜM. Ist hier heute Morgen etwa ein Auto vorgefahren, mit dem die Einbrecher den schweren Schrumpfschrank abtransportieren konnten?

»Genau – **krrrk**«, bestätigt Andi, als ich nachfrage. »Eine sehr große Dose. Ein lärmendes Eisengetüm mit einem rollenden Stück Garten dahinter. In diesem Garten steht vermutlich einer dieser gefährlichen Stinkapfelbäume. Vor denen sollten sich Ameisen in Acht nehmen.«

»Was bitte? Ein rollender Garten mit einem Stinkapfelbaum?« Ich weiß grad echt nicht, was Andi meint. »Kannst du mal erklären, was genau das sein soll?«

Andis Kauzangen reiben aneinander. Er denkt nach. Max, der kluge Wurmprofessor, will ihm helfen. Er versucht es mit Logik. Wissenschaftler arbeiten ja gern mit Logik, auch wenn sie sich manchmal total unlogisch verhalten.

»Öhm, vielleicht … öh … solltest du uns den Baum ausführlicher beschreiben, Andi«, rät er. »Ein Baum hat doch Blätter. Daran kann man Bäume meist erkennen. Wie sahen die Blätter dieses … Stinkapfelbaums aus? Mein Schüler Olaf weiß zwar leider nicht sehr viel, aber er verzehrt von morgens bis abends Blätter. Vielleicht kann uns sein dürftiges Wissen also wenigstens in diesem Fall von Nutzen sein.«

»'tschuldigung – mampf, mampf«, murmelt Olaf, der sich mal wieder für seinen Hunger schämt. Aber er freut sich auch darüber, dass nun sein Spezialwissen gefragt ist.

»Hmmm«, meint Andi. »Blätter wachsen auf Bäumen immer sehr weit oben. Und wir Ameisen befinden uns meist sehr weit unten – **krrrrrk**.«

Ach du meine Güte. So wird das nichts. Auch Max wird langsam ungeduldig. »Du musst uns doch irgendetwas über den seltsamen Baum sagen können«, stöhnt er. »Oder über die Früchte, diese … öhm … Stinkäpfel. Gehören Stinkäpfel überhaupt zu den genießbaren

Obstsorten? Auch das wäre ein wichtiger Punkt für Olaf, der ja SEHR mit dem Magen denkt.«

»'tschuldigung …«

»**Krrrrrrrrrrrrrk!**« Andis Kauzangen knacken laut. So klingt es immer, wenn er nachdenkt. Nach einer Weile meint er: »Ich weiß nur, dass die Blätter dieses – **krrrrk** – Baums im Wind seltsame Geräusche machen. Es hört sich an wie …« Er räuspert sich mehrmals und gibt dann einen Laut von sich, den ich noch nie von ihm gehört habe. Dieser Laut passt ganz und gar nicht zu einer Ameise. »IIIIHI-HI-HI-HIIE-EEEH!«

Meine Nackenhaare stellen sich auf. »Andi, das … das war schlimmer als alle schlecht geölten Türen aus den Kellern von Schloss Büchenburg!«, rufe ich. »SO soll sich ein Stinkapfelbaum im Wind anhören?«

Andi guckt mich verständnislos an. »Ich kann nichts dafür«, brummt er. »Ich **krrrrrk**-kenne die Bäume im Schlosskeller nicht.«

Ich schlage mir die Hand vor den Kopf. »Andi, im Schlosskeller wachsen keine Bäume. Schon gar keine Stinkapfelbäume. Du musst doch IRGENDWAS über die Dinger wissen. Hast du nicht eben behauptet, sie sind gefährlich und Ameisen sollten sich davor in Acht nehmen?«

»Uuuuuh, ja – **krrrrrk**!«, ruft Andi. »Wenn ein Stinkapfel dick und reif ist, fällt er runter. Ohne Vorwarnung. Oft gleich mehrere. Es kommt sogar vor, dass ein Stinkapfelbaum ganz plötzlich, wie aus dem Nichts auftaucht und dann – **krrrrk** – plomm!«

»PLOMM?« Ich stehe völlig auf dem Schlauch.

»Ja. Ein Apfel stürzt zu Boden. Einmal wurde ich getroffen – **krrrrrk**. Meine Freunde brauchten einen halben Tag, um mich aus dem Apfelmus zu befreien. Danach war es mir eine Woche lang nicht erlaubt, den Ameisenbau zu betreten. War lange vor meiner Beförderung – **krrrrrk**.«

In dieser Sekunde begreife ich. In meinem Gehirn macht es IIIIHI-HI-HI-HIIEEEEH – und ich höre und sehe ein Pferd vor meinem inneren Auge. Es wiehert. Dann hebt es den Schwanz und lässt munter ein paar Pferdeäpfel fallen: **PLOMM!** Voll auf eine Ameise, die anschließend von ihren Kollegen ausgebuddelt werden muss und fürchterlich stinkt.

Ich muss lachen. »Andi. Das Ding, das du gesehen hast, war ein Pferdetransporter mit einem Auto davor.

Mit diesem Pferdetransporter wurde der Schrumpfschrank abtransportiert. Der Krach, als der Motor des Autos startete: Das war das Erdbeben oder das Magengrummeln, das Olaf meinte. Hast du vielleicht auch die Krawallos und Ludwig bemerkt? Oder weißt du, wer am Steuer der großen Dose saß, die den Pferdetransporter gezogen hat? Das müssen wir wissen, um den Schrank wiederzufinden.«

Leider kann Andi mir bei diesen Fragen nicht weiterhelfen. Als er aus dem Bau eilte, um nachzusehen, wo der Krach hergekommen war, brummte das Auto bereits mit einer gigantischen Abgaswolke davon. Auf so etwas reagieren Ameisen empfindlich.

Natürlich hat Andi gedacht, der Abgasgestank habe mit den Stinkäpfeln zu tun. Die Ameisen haben sich also sofort wieder in ihren Bau verzogen. Als Andi erneut den Kopf ins Freie steckte, waren Auto und Transporter und mit ihnen die Einbrecher verschwunden.

»Aber die **Krrrrr**-Krawallos, die waren noch da«, fällt ihm dann plötzlich ein. »Die kamen aus dem Schul-**Krrrr**-Kasten herausgestürmt, haben sich auf ihre Fahrräder geschwungen und sind auf und davon.«

»War Ludwig bei ihnen?«, frage ich.

Andi denkt nach. Er kennt Ludwig. Er kennt alle meine Freunde. »Nein«, antwortet er. »Von Ludwig war nichts zu sehen. Aber …«

»Ja?«

»Eine Stunde zuvor kehrte ein Trupp Wächterameisen von der Nachtpatrouille zurück. Es war noch dunkel. Sie berichteten mir von einem Streit nahe dem Wurmkasten.«

»Ein Streit unter Ameisen?«, hake ich nach.

»Nein«, sagt Andi. »Ein Streit unter Schuhgeheuern. Schuhgeheuer streiten immer sehr viel lauter und heftiger als Ameisen – **krrrrrk**.«

Das glaube ich sofort. Alle Menschen sind für Ameisen SCHUHGEHEUER: Ungeheuer mit Schuhen. Schuhe halten Ameisen deshalb für das Wichtigste am Menschen, weil sie auch das Gefährlichste sind. Meist unterhalten sich Menschen ja nicht mit Ameisen, sondern treten einfach drauf.

Leider.

»Haben die Wächterameisen diese streitenden Schuhgeheuer erkannt?«, frage ich.

Wieder sagt Andi Nein. »Ich bin die einzige Ameise,

die ein Schuhgeheuer – **krrrrk** – Verzeihung, die MEHRERE Schuhgeheuer mit Namen kennt. Die Wächter haben mir nur berichtet, dass ihnen vier Geheuer aufgefallen sind. Genauer: vier KLEINE Schuhgeheuer. Nach dem Streit verschwanden sie gemeinsam in dem großen **Krrrrrk**-Kasten.«

Der große Kasten: Das ist die Schule. Mein Herz pocht. Mir ist klar, was Andi da grad angedeutet hat: Vier Schüler haben sich frühmorgens vor der Schule getroffen und gezofft. Drei davon sind DAUERZOFFER: Alexander Krawoll, Paul Felsmann und Moritz Lause, die Krawallos. Der vierte war Ludwig.

Drei der Streiter kamen nach knapp einer Stunde hektisch wieder raus aus der Schule: die Krawallos. Einer aber ist dringeblieben. Ludwig. Wo im Schulgebäude steckt er also? Und was wollten die anderen von ihm? Immerhin zählt Ludwig zu den Erzfeinden der Krawallos, genau wie Lilly, Basti, Matz und ich.

Es klingelt zur Pause. Die Bissl-Brettig schimpft ein letztes Mal über unsere katastrophalen Englischkenntnisse, gibt uns einen Haufen Hausaufgaben auf und zieht ab. Ich muss sofort Kontakt mit Lilly aufnehmen. Mit Lilly, Basti und Matz.

Kapitel 6

Eine Aufgabe für Willibald

Alle stürmen auf den Pausenhof. Das Wetter ist herrlich an diesem Tag. Nur Lilly, Basti und Matz lassen sich Zeit. Sobald die Klasse leer ist, schließt Lilly die Tür und stürmt auf das Insektarium zu.

Knister-Knister – ich nehme das Walkie-Talkie in Betrieb. Lilly beugt sich über den Glaskasten, um so zu tun, als sehe sie nach Wasser und Grünfutter. Und ich erzähle ihr alles, was ich vom Pferdetransporter weiß und von meiner Vermutung, dass sich Ludwig irgendwo im Schulgebäude befinden muss.

»Weshalb sollte er sich denn hier verstecken?«, fragt Lilly.

»Meinst du, die Krawallos haben den Schrank geklaut?« Das kommt von Basti, der neben Lilly steht.

»Und Ludwig hat mitgemacht? Nie im Leben!«, ruft Matz.

»Nein«, sage ich. »Die Krawallos sind nicht stark genug für den schweren Schrank. Da waren Einbrecher in der Schule. Leute, die ein Auto fahren können und die in der Lage sind, das Schrankgewicht zu stemmen. Das Erdbeben, von dem Max und Andi sprachen, das waren Geräusche, die beim Schleppen des Schranks über Holztreppen erzeugt wurden. Lautes Rummsen und so.«

»Ja, aber was ist denn nun mit Ludwig?«, hakt Matz nach.

»Vielleicht haben ihn die Krawallos zu irgendwas gezwungen«, überlegt Lilly. »Vielleicht haben sie Einbrecher beauftragt, den Schrank zu klauen. Und damit sie nicht selbst in Verdacht geraten, waren es Leute, die Ludwig kennt.«

»Hey, Ludwig kennt keine Einbrecher«, widerspricht ihr Matz.

»Das meine ich nicht«, sagt Lilly. »Vielleicht haben die Krawallos Ludwig erpresst. Ludwigs Vater, der arbeitet doch für den Vater von Alex. Wenn Alex damit droht, dass er seinen Job verliert …«

»Willst du etwa behaupten, dass Ludwigs VATER zu den Einbrechern gehört?«, meint Matz entrüstet.

Basti guckt nachdenklich.

»Nein, Himmel«, ruft Lilly. »Aber Andi hat doch von einem Streit gesprochen. Die haben sich gestritten, die Krawallos und Ludwig, weil Ludwig bei irgendwas nicht mitmachen wollte. Da war garantiert Erpressung im Spiel. Wir müssen die Krawallos aushorchen. Die wissen, was hier heute Morgen mit dem Schrank und mit Ludwig passiert ist. Garantiert!«

»Das ist ja höchst interessant«, kommt plötzlich eine Stimme aus dem Klassenzimmer. »Liliane Popelmann, die Schwester von Benjamin, dem Ober-Popligen, will uns also aushorchen.«

Mist. Paul, Alex und Moritz haben hinter der Tür gelauscht. Sie sind nicht in die Pause gegangen. Sie haben geahnt, was Lilly vorhatte.

Lilly steht der Mund schreckweit offen. Auch Basti und Matz schweigen.

»Lass mich raten, Lilly«, giftet Paul – der schlaueste der drei Krawallos. »Du hast zwar eine Macke und sprichst wahrscheinlich häufiger mit Bienchen und Blümchen, aber in diesem Moment steckt dein geschrumpfter Doofbruder im Aquarium – bei seinen Glibber- und Krabbelfreunden. Und die Bissl-Brettig ahnt ganz und gar nichts davon, dass Bennie geschrumpft wurde, richtig?«

Miiiiiiiist! Paul hat leider so was von recht. Lilly schluckt.

»IHR habt Doktor Yogeshwar heute Morgen aus dem Labor gelockt und dann den Schrank gestohlen«, sagt sie, statt auf Pauls Frage zu antworten. Ihre Stimme klingt nervös.

»WIR?« Paul grinst, dann guckt er Alex und Moritz an. Die grinsen ebenfalls. »Wir sind nur hier, um zu lernen. WIR haben mit dem Schrumpfschrank ganz und gar nichts zu tun. UNS kann also nichts passieren. IHR jedoch ...«

Jetzt wird Pauls Grinsen zu einer höhnischen Fratze. »IHR bekommt mächtig Stress, wenn ihr versucht, uns bei der Direktorin anzuschwärzen. Ist das klar? Ich brauche der Bissl-Brettig nur zu verraten, dass

Bennibaby NICHT krank ist, sondern so klein wie sein Gehirn immer schon war.«

»Du Ekelpaket!«, ruft Lilly.

Die Krawallos lachen bloß.

»Was habt ihr mit Ludwig gemacht?«, ruft Basti. »Ihr habt ihn hier irgendwo eingesperrt. Im Schulkeller? Die Tür stand offen, sagte Herr Zindel. Ihr haltet Ludwig gefangen. Lasst ihn sofort frei!«

Mein Herz rast. Habe ich da grad was im Blick von Alex und Moritz gesehen, das mir verrät, wie recht Basti hat?

Paul grinst zwar immer noch wie ein Fiesling mit eingebautem 500-PS-Fieslingsmotor, doch die beiden anderen sehen auf einmal aus, als hätten sie ein schlechtes Gewissen.

Sie geben aber nichts zu. Mit einer letzten von Paul ausgestoßenen Drohung verduften die Krawallos. Sie wissen genau, dass wir sie nicht verraten werden – wegen Doktor Yogeshwar, wegen meiner Schrumpfung, und weil wir alle Angst haben, dass sie Rache nehmen und zum Beispiel das Aquarium heimlich auf den Müll werfen würden. Ich darf nicht auch noch Max und Olaf in Gefahr bringen.

Was aber sollen wir nun tun? Die Pause ist in fünf Minuten zu Ende. Wir müssen eine Möglichkeit finden, die Krawallos auszuhorchen, ohne dass sie uns bemerken. Wenn sie was mit Ludwig angestellt haben, werden sie darüber sprechen. Schon deshalb, weil wir ihnen ja auf die Schliche gekommen sind. Da die Krawallos allerdings wissen, dass ich geschrumpft bin und immer heimlich in ihrer Nähe sein könnte, werden sie extrem vorsichtig sein. Sie werden einen Moment abwarten, in dem sie sich völlig sicher fühlen.

Mein Kopf brummt. Mir fällt nichts ein.

Zum Glück hat Max eine Idee: Max, der geniale, oberschlaue Regenwurm.

»Das scheint mir eine Aufgabe für Willibald zu sein«, sagt er.

»Äh, wer bitte ist Willibald?«, frage ich.

Jetzt meldet sich der immer kauende Olaf. Er lacht mit vollem Mund und ruft: »Willibald ist unser Gast. Er ist seit gestern Nachmittag bei uns!«

»Jawohl. Da hat Olaf ausnahmsweise mal recht«, betont Max. »Willibald ist eine Wanze auf Besuch. Eine … öhm … Stinkwanze. Genauer: eine grüne Stinkwanze. Für Wissenschaftler auch PALOMENA PRESINA.

Willibald ist gestern mit dem frischen Grün gekommen. Darf ich vorstellen?«

Max macht eine Geste mit seinem Kopf. Ich gucke angestrengt auf das Büschel Blätter und Zweige, auf das er weist. Saftig grüne Pflanzenreste, in deren Mitte sich Olaf aufhält. Andi, Lilly, Basti und Matz starren ebenfalls in diese Richtung. Wir alle sehen außer dem schon ziemlich aufgeblähten Olafballon – NICHTS.

»Ah … ja«, sage ich. Vielleicht hat Max am falschen Humus genascht und ein bisschen zu viel künstliche Düngemittel oder einen Rest Pflanzengift abbekommen und leidet nun unter Halluzinationen.

»Siehst du ihn nicht, Ben?« Max lacht.

Ein lachender Regenwurm sieht irre lustig aus, wenn man winzig ist wie ich: Jeder Lacher geht wie eine Welle vom Kopf des Wurms bis zum Schwanzende und schwappt dann zurück.

»Max, mach es nicht so spannend«, stöhne ich. »Wo steckt dieser Willibald?«

»Er befindet sich direkt vor deiner Nase«, antwortet Max, noch immer lachend.

Und dann, endlich, entdecke ich die Wanze. Tatsächlich sitzt nur wenige Millimeter von mir entfernt eine

Art grüner Schild mit sechs Beinen völlig reglos auf einem Blatt. Ein Schild, so wie sie früher Ritter bei Turnieren benutzten. So also sieht eine grüne Stinkwanze aus. Bei dem Namen denke ich automatisch, dass sie prima zu den Stinkäpfeln passt, über die Andi vorhin noch sprach.

»Willibald ist sehr schüchtern, aber ideal für unseren Plan«, fügt Max hinzu.

»Plan? Welcher Plan?«

Max ist schon mehrere Schritte weiter als wir. Er erklärt uns, dass Wanzen wie Willibald über zwei besondere Eigenschaften verfügen. Sie können sich erstens so gut tarnen, dass sie kaum jemand entdeckt oder bemerkt. Und zweitens sind sie in der Lage, sich auch ein stundenlanges Gespräch, das sie abhören, vollständig einzuprägen. Sie sind lebendige Aufzeichnungsgeräte.

»Was Willibald einmal hört, vergisst er nicht«, betont Max. Dabei klingt er so stolz, als hätte ER SELBST der Wanze zu diesen Fähigkeiten verholfen.

»Okay, ich verstehe«, sage ich zögernd. »Wenn wir Willibald irgendwie in die Nähe der Krawallos bringen, kann er sie abhören. Er ist sozusagen eine Abhörwanze. Aber … äh … wie sprechen wir anschließend mit ihm? Willibald scheint ja vollkommen stumm zu sein?«

Nur ein feines Knurren ist von Willibald zu hören. Ups, klingt ein bisschen wie ein Wachhund.

Und wieder muss Max lachen. »Wie gut, dass du einen Professor mit Kenntnissen in sämtlichen internationalen Wanzensprachen kennst«, sagt er. »Ich, Professor Maximilian von Mull, spreche und verstehe Wanzisch wie meine Mutterwurmsprache. Willibald hat übrigens soeben großes Interesse an einer Abhöraufgabe geäußert. Er liebt Spionage.«

»Na herrlich«, jubelt Lilly. Sie ist fassungslos vor Glück, dass in ihrem Insektarium ein Geheimdienst-Insekt lebt. »Erinnert ihr euch an die Sachen, die unsere Krawallo-Freunde tragen?«

Sachen?

Basti begreift es schneller als ich. »Grün. Moritz hat so ein grünes Shirt an. Wenn ihm Willibald auf der Schulter sitzt, dann ist er dort bestens getarnt!«

YEAH! Wir müssen es schaffen. Es klingelt. Die Pause ist vorbei. Wieselflink, bevor die Ersten zurück in die Klasse stürmen, schiebt Lilly ihre Hand ins Aquarium. Max wechselt einige Worte auf Wanzisch mit Willibald.

Dessen Gesichtsausdruck verändert sich nicht. Aber ich FÜHLE, dass er sich auf Moritz-Poritz freut. Er macht einen plötzlichen Satz und landet auf Lillys Finger.

In den nächsten Minuten, bevor Doktor Püstel uns mit Latein das Leben schwer macht, gelingt es Lilly, sich neben Moritz zu mogeln. Ich kann es von meiner Warte aus nicht sehen, aber Lillys Grinsen verrät mir, dass die Wanze Willibald nun auf dem Shirt von Moritz Position bezogen hat. Ich bin SO gespannt. Vielleicht tuscheln die Krawallos schon während der Stunde miteinander. Spätestens aber in der nächsten Pause.

»**Krrrrrk! Krrrrrk! Krrrrrrk!**« Neben mir fängt Andi unvermittelt an zu lachen. Ich schaue ihn an.

»Sprichst du etwa auch Wanzisch?«, frage ich.

»Das Nötigste«, sagt er.

»Und weshalb lachst du? Hat Max einen Witz gemacht?«

»Nein, **krrrrr**-keineswegs. Aber ich weiß, weshalb eine Stinkwanze Stinkwanze heißt!«

Anstatt seine Andeutung zu erklären, lacht Andi noch lauter, und bevor ich ihn fragen kann, was er meint, verteilt Doktor Püstel in der Klasse die ersten Rüffel.

Im selben Moment taucht plötzlich Ssuzi auf, was meine Gedanken in eine ganz andere Richtung lenkt.

»Ssuzi? Wo kommst du denn her?«, frage ich überrascht.

Sie ist NICHT geflogen. Das hätte man gehört. Jedes Wespengeräusch löst in der Klasse Alarm aus. Ssuzi weiß das – spätestens seit Pauls letzter Attacke. Sie hat mühsam den Fußweg über den Fensterschlitz genommen, ist an der Fensterinnenseite herunter über die Fensterbank gekrabbelt, dann auf der Rückseite des Aquariums wieder hoch. Jetzt steht sie erschöpft vor uns.

»Ich war ssso neugierig. Wasss issst mit dem Ananasssmann?«, summt sie. »Geht esss ihm gut? Hat er mir noch wasss Sssüssses hinterlasssen? Issst der Sssrumpfsssrank ssson wieder aufgetaucht? Habt ihr …?«

Sie unterbricht ihren Redeschwall und hebt den Kopf, als würde sie Witterung aufnehmen.

»Alles klar, Ssuzi?«, frage ich.

»Uuuh«, sagt sie, »ihr habt Bessuch? Issst Willibald hier?«

»Du kennst ihn?«, frage ich erstaunt. »Und du … bemerkst ihn?«

»Oh, Willibald kennt jeder«, druckst sie. »Und jeder bemerkt ihn. Alsso, ich glaube, ich komme ssspäter noch mal wieder.«

Ssuzi wird rot.

»Hey, sag mal, was hast du denn plötzlich?« Aus den Augenwinkeln sehe ich, dass Max nur mühsam ein Lachen unterdrücken kann. »Hast du etwa Angst vor Willibald?«, rede ich weiter auf Ssuzi ein. »Der ist doch harmlos. Stumm und harmlos und schüchtern wie du. Er ist übrigens gar nicht mehr da. Lilly hat ihn Moritz auf den Rücken gesetzt. Willibald soll die Krawallos abhören.«

Ssuzis Wespenaugen werden riesengroß. »Er ssitzzzt auf dem Rücken von diesssem Moritzzz?«, ruft sie panisch, und dann, nach einer Schrecksekunde, murmelt sie: »Na ja, der issst ja ein Bössser. Der tut mir nicht leid, der Moritzzz.«

Jetzt verstehe ich gar nichts mehr.

Kapitel 7

Moritz benutzt das falsche Deo

Es dauert bis zum Ende der zweiten Pause, da verstehe ich endlich, was Ssuzi gemeint hat. Alex, Paul und Moritz haben in Latein und in der anschließenden Deutschstunde bei Frau Dörpinghaus ziemlich Stress.

Immer wieder blicken sie rüber zum Aquarium, obwohl sie mich dort drinnen gar nicht sehen können. Sie sind total unsicher, weil sie Angst haben, dass ich mich heimlich in ihre Nähe schleiche und sie abhöre. Weil sie aber nicht nach vorn gucken und dem Unterricht folgen, werden sie von Herrn Püstel und Frau Dörpinghaus mehrmals gerüffelt.

Das mit dem Rüffeln gefällt mir. Blöd nur, dass sie nicht miteinander reden. Das SOLLEN sie aber. Ich muss wissen, was die Krawallos am Morgen in der Schule angestellt haben.

Da hilft nur ein Trick. Zunächst mal muss ich Lilly zu mir locken. Sie sitzt leider zu weit weg für den Walkie-Talkie-Empfang.

Ich habe eine Idee: Olaf, die auffällig leuchtend grün-gelb-schwarze Raupe, ist mein Retter. Ein sehr mutiger Retter, das muss ich schon sagen, denn nachdem ich Olaf von meiner Idee erzählt habe, meint er ohne zu zögern: »Klar, Ben – mampf, mampf. Du bist ein echter – mampf – Freund – mampf. Da helfe ich – mampf – natürlich – mampf, mampf – sehr gern – mampf.«

Und schon setzt er sich in Bewegung. Mampfend. Irgendwie erinnert er mich an eine Lokomotive. Heilige Luftpumpe, Olaf ist unglaublich dick geworden in den letzten Wochen. Es KANN nicht mehr lange dauern bis zu seiner Verpuppung. Entschlossen schiebt er sich von dem Ast, auf dem er sitzt. Er beißt noch ein großes Stück Blatt ab, kaut und kriecht die vordere Glaswand des Aquariums hinauf. Seeeeehr laaangsam – mampf, mampf, mampf.

»Uuuuh, Olaf, du bissst sssooo mutig«, säuselt Ssuzi. Sie lässt vor Aufregung die Flügel sirren. Max murmelt, dass er stolz ist auf einen Schüler mit solchem Wagemut.

Ich merke, wie ich ins Schwitzen gerate, nur weil ich Olaf beim Klettern zuschaue. Er selbst schwitzt wegen seines Gewichts und der Anstrengung. Vor allem aber, weil seine Aufgabe nicht ganz ungefährlich ist. Wir haben ja ein paar Spinner in der Klasse, für die das Leben einer Raupe nichts zählt.

Nach einigen Minuten balanciert Olaf hoch oben auf dem Glasrand des Aquariums: dick und leuchtend. EXTREM auffällig. Hoffentlich klappt alles.

JA! Diesmal ist es nicht Saskia, sondern Moritz, der Olaf als Erster bemerkt. Er hat ja, wie auch Alex und Paul, immer mal wieder zum Aquarium rübergeguckt.

»Ey, die fette Raupe da. Die kommt da raus da!«, brüllt er in einem Deutsch, dass Frau Dörpinghaus die Haare zu Berge stehen.

Sie will Moritz zurechtweisen, aber jetzt gucken alle zum Aquarium und sind aufgeregt, quasseln durcheinander.

»Ich mach die weg!«, ruft Paul. Er will bestimmt nachschauen, ob ICH mich da irgendwo zwischen den Blättern befinde, um dann ein umgedrehtes Wasserglas auf mich draufzustellen und mich außer Gefecht zu setzen.

Aber nichts da, Paul. Meine Superschwester ist schneller als du. Darauf habe ich gehofft.

»Paul Felsmann, wenn du MEIN Insektarium mit DEINEN Schleimfingern berührst, kriegst du von mir eine volle Breitseite mit Zahnersatzgarantie!«, ruft sie.

Herrlich. Frau Dörpinghaus muss über den Spruch sehr lachen. Das verschafft Lilly Zeit, sie sprintet los. **ZACK** – flitzt sie an Paul vorbei zum Aquarium. Natürlich denkt sie an das Walkie-Talkie. Den Hörstöpsel hat sie schon im Ohr. Und kaum ist sie beim Aquarium angekommen, nimmt sie mit der einen Hand ganz vorsichtig den sehr schwitzenden Olaf hoch und setzt ihn zurück ins Grün. Mit der anderen schaltet sie den Sprechfunk ein.

Knister-Knister …

»Lilly!«, rufe ich, »Die Krawallos müssen denken, dass ich aus der Klasse verschwinde. Achte auf Ssuzi. Schreib eine Botschaft. Lass den Zettel abfangen. Verstanden?«

»Äh, nein?«, entgegnet sie. So laut und so verdutzt, dass alle in der Klasse es hören und sich wundern.

Die Krawallos wechseln vielsagende Blicke. Hoffentlich begreift Lilly doch noch, was ich ihr sagen will. Sie legt ein bisschen Grün neben Olaf, und der schnauft erleichtert.

Dann muss sie auch schon zurück zu ihrem Platz, denn mittlerweile ist es Frau Dörpinghaus gelungen, die Klasse zu beruhigen.

Der Nächste, der stört, darf an der Tafel ein Diktat schreiben. Eines der berüchtigten Nathalie-Dörpinghaus-Fremdwortdiktate. Ich sage nur: Stracciatellaeisportionierbilliglöffelverchrommaschine.

Kaum geht der Unterricht weiter, folgt Teil zwei meines Plans, und dazu brauche ich Ssuzi.

Als Lilly wieder auf ihrem Stuhl sitzt, gebe ich Ssuzi ein Signal, und sie fliegt los. Ihr Auftrag ist nicht ganz so gefährlich wie der von Olaf. Sie muss nur so laut wie möglich durch die Luft brausen, bevor sie aus dem Klassenzimmer hinaus ins Freie fliegt. Also lässt sie ihre Flügel kräftig sirren und wird prompt bemerkt – von Saskia, die gleich anfängt zu kreischen. Schwupp, saust Ssuzi durch den Fensterspalt nach draußen.

So, denke ich, *jetzt weiß jeder im Raum, dass die Wespe die Klasse verlassen hat.*

»Kannst dich wieder beruhigen, Saskia. Sie ist verschwunden!«, ruft Philipp. Frau Dörpinghaus seufzt – und auf Lillys Gesicht sehe ich ein Lächeln. SUPER: Meine Schwester hat verstanden.

Sie nimmt einen Notizzettel und schreibt was drauf. Den Zettel lässt sie dann nach vorne weitergeben, zu Basti. Auf dem Weg zu Basti sitzen aber die Krawallos. Die fangen den Zettel natürlich ab und lesen vermutlich so was wie:

Ben ist mit der Wespe los zum Schloss.
Treffpunkt heute Nachmittag bei dir, Basti.

Keine Ahnung, wie Frau Dörpinghaus reagiert hätte, wenn SIE die Botschaft in die Finger bekommen hätte. Ich bin ja angeblich krank, liege mit Fieber im Bett.

Alex, Paul und Moritz jedenfalls denken nun, dass ich sie nicht mehr abhören kann, weil ich auf dem Weg zum Schloss Büchenburg bin. Jetzt können sie miteinander tuscheln. Und Willibald kann endlich zeigen, was in ihm steckt.

In der Pause haben die Krawallos viel zu besprechen. Und am Ende der Pause geschieht es dann plötzlich: Nun verstehe auch ICH, was Ssuzi und Andi meinten, als es um das Wort STINKWANZE ging.

Es fängt mit Alex an. Kurz vor dem Biounterricht bei Frau Weidemann entdeckt er die grün getarnte Wanze auf Moritz' grünem T-Shirt.

»Ey, du hast da so ein Tier. So'n fettes Käferding!«, ruft er.

»Iieh, mach das weg! Wo denn?«, kreischt Moritz.

Moritz' Gequieke ist dermaßen laut, dass ihn alle angucken. Auch Lilly. Die schaltet schnell. Ich hatte ihr ja von der Wanze erzählt.

Aber Lilly ist nicht schnell genug – hi, hi.

Alex, der wie alle Großmäuler Schiss vor kleinen Krabblern hat, will die Wanze mit der Hand wegwischen. Willibald ahnt die Gefahr – und wehrt sich. So, wie sich Stinkwanzen wehren.

Sie sondern ein STINKSEKRET ab.

BOAH, der Gestank ist … BESTIALISCH.

Willibald verbreitet einen dermaßen penetranten Geruch, dass Moritz und die Schüler in seiner Nähe fast ohnmächtig werden.

Lilly nutzt die Gelegenheit. Sie hält die Luft an, stürzt todesmutig auf Moritz zu und nimmt Willibald von seinem T-Shirt. Dann setzt sie ihn zu uns ins Aquarium.

Das bemerkt niemand, denn in der Klasse geht es hoch her. Moritz hat plötzlich keine Freunde mehr, so sehr riecht er nach Schei… – also nach … Verdauungsrückständen. Und zwar nach einem Haufen von etwa vierzig Kilogramm.

Als Frau Weidemann die Klasse betritt, hat sie große Schwierigkeiten, das Chaos zu bändigen. Niemand will neben Moritz sitzen, nicht mal Alex oder Paul.

Alle machen sich lustig über ihn. Und dann reißt auch noch Frau Weidemann Witze, weil wir ausgerechnet heute in Bio über die menschliche Verdauung sprechen.

Moritz erlebt die schlimmste Schulstunde seiner bisherigen Schullaufbahn. Und, ganz ehrlich, ich GÖNNE ES IHM.

Andi, Max, Olaf und ich widmen uns aber nicht Moritz, sondern Willibald. Max spricht mit ihm, und Willibald berichtet. Auf Wanzisch, aber das ist für unser Übersetzungsregenwurmgenie ja kein Problem.

Was Willibald uns allerdings verrät, hätte ich niemals für möglich gehalten.

Kapitel 8
Ludwig hat ein klitzekleines Problem

Die Krawallos haben Ludwig unter Druck gesetzt, sich schrumpfen zu lassen. Alex, Paul und Moritz haben sich direkt nach dem Ende der Ferien heimlich in Doktor Yogeshwars Labor geschlichen, um herauszufinden, wie der Schrumpfschrank funktioniert. Da der Doktor die Bedienung des Schranks sehr vereinfacht hat, war es für sie ein Klacks.

Der Grund für diese Schrumpfaktion trägt die Namen Almut Bissl-Brettig und Quintus Püstel. Die ersten Klassenarbeiten in Englisch und Latein stehen an, und die Krawallos sind notorische Fünferkandidaten. Deshalb wollten sie unbedingt wissen, was in den Arbeiten drankommt.

Seit die Bissl-Brettig und Herr Püstel miteinander rumturteln, trinken sie oft zusammen Tee. In dieser Woche wollte die BB Herrn Püstel mal wieder besuchen, und bei der Gelegenheit wollten sie auch gleich gemeinsam die Klassenarbeiten planen. Das hat uns die BB neulich verraten. Also dachten sich Alex, Paul und Moritz, dass es vielleicht schlau wäre, einen winzigen Spion auf Püstels Wohnzimmertisch zu setzen, wenn die Teestunde ansteht.

Keiner der drei aber war so mutig, selbst in den Schrumpfschrank zu steigen. Da kamen sie auf Ludwig. Ludwigs Vater arbeitet für die Firma Krawoll. Ludwig war also erpressbar, denn Ludwigs Familie ist ganz und gar nicht reich. Wenn Herr Krawoll Herrn Theisen kündigt, wäre das eine Katastrophe.

Wo aber steckt Ludwig? Die Krawallos wissen es nicht. Sie wurden von den Einbrechern ebenso überrascht wie Doktor Yogeshwar. Als Ludwig gerade geschrumpft und von Paul in eine Streichholzschachtel gesteckt worden war, erschienen die Einbrecher auf dem Dachboden. Die Krawallos konnten gerade noch flüchten, Hals über Kopf. Moritz, dem Paul die Schachtel mit Ludwig drin übergeben hatte, hat sie beim Rausstürmen verloren.

Jetzt geben sich die drei der Klasse gegenüber zwar obercool, in Wirklichkeit aber haben sie wegen Ludwig ordentlich Muffensausen. Irgendwo in dem Riesengebäude des Gymnasiums von Odenberg liegt eine Streichholzschachtel mit einem winzigen Ludwig darin. Die Krawallos sind vom Dachboden die Treppe runter, dann über die Treppen des Schulflurs bis in den Keller und nach draußen. An den Fahrrädern ist Moritz aufgefallen, dass die Schachtel fehlte.

Was, wenn er sie auf der Schultreppe verloren hat, wo kurze Zeit später HUNDERTE von trampelnden Schülern unterwegs waren? Was, wenn die Streichholzschachtel nun … platt ist? Platt, weil ein Schuhgeheuer, ein Schülerungeheuer, draufgetreten ist?

»Du bist ja kreidebleich, Ben. Das sieht nicht gut aus«, sagt Max.

Allerdings. Mir ist ganz flau. Oberflau. Wir müssen die Krawallos zur Rede stellen. Ludwig schwebt in Lebensgefahr.

Mit dem Klingeln nach der sechsten Stunde kehrt Ssuzi zurück, und ich bitte sie, startklar zu bleiben. Ich spreche noch kurz mit Lilly, dann hüpfe ich auf Ssuzis Rücken, Ssuzi nimmt Andi in den Tragegriff – und wir fliegen los. Meine Schwester und meine Freunde folgen uns. Treffpunkt: Fahrradständer, wohin die meisten meiner Mitschüler längst aufgebrochen sind.

Auch Alex, Paul und Moritz.

Als Lilly, Basti und Matz dort eintreffen, legen die drei Krawallos sofort los.

»Haut ab, ihr Nervensägen«, murrt Alex.

Lilly guckt finster, lässt sich aber nicht beeindrucken.

Paul plustert sich auf. »Hast du Probleme, oder was? Ihr sollt verschwinden!«

In diesem Moment lande ich mit Ssuzi und Andi direkt auf Lillys Schulter. Sie verzieht keine Miene. Basti und Matz stellen sich rechts und links neben sie.

Da werden die Krawallos nervös, nicht nur wegen Matz, dem Stärksten aus unserer Klasse. Nein, der eigentliche Grund für ihre Nervosität ist Ssuzi. Sie wissen, dass diese Wespe bestimmt nicht allein kommt. Sie trägt den berühmten Wespenpiloten Benjamin Pohlmann auf ihrem Rücken.

Lilly wartet nicht lange. Sofort geht sie auf Angriff. »Wir haben euch in der Schule belauscht«, sagt sie. »Mein Bruder hat ein Mikro-Mikrofon erfunden. Wir wissen, dass ihr Ludwig geschrumpft und dass ihr ihn in eine Streichholzschachtel gesteckt und verloren habt.«

»Spinnt ihr total?«, ruft Basti.

Matz ballt die Fäuste.

Plötzlich sind die Krawallos baff und auch ein bisschen blass. Lilly verrät nichts von Willibald, der Stinkwanze, deren Duftspuren immer noch um Moritz herumwabern wie eine hartnäckige Deo-Wolke. Die Geschichte einer lebendigen Abhörwanze hätten die drei Lilly niemals abgekauft. Dass ICH aber ein Erfinder bin, wissen sie.

Jedenfalls bleibt ihnen nichts anderes übrig, als alles zuzugeben, denn Lilly behauptet frech, sie könnte die Aufzeichnung der Unterhaltung jederzeit Frau Bissl-Brettig geben.

Tja, nun werden die Krawallos zur Abwechslung mal selbst erpresst. Den dreien geht mächtig der Hintern auf Grundeis. Mit Schürfgeräuschen.

»Ihr müsst Ludwig suchen«, drängelt Lilly. »Ihr könnt

doch nicht einfach nach Hause verschwinden, wenn sich Ludwig noch irgendwo in der Schule befindet. Er ist in Gefahr.«

»Was sollen wir denn machen?«, jammert Alex. Moritz schweigt.

»Die Streichholzschachtel war in Moritz' Tasche«, sagt Paul. »Wir haben alles abgesucht. In der Pause. Aber nichts gefunden.«

»Ach«, giftet Lilly, »und trotzdem hattet ihr in der Pause noch Zeit, uns zu belauschen, als wir mit Ben gesprochen haben? Du lügst wie gedruckt, Paul.«

Er läuft rot an. Tja, meine Schwester fällt nicht so leicht auf Märchen herein, mein Lieber.

»Außerdem reicht es wohl nicht ganz, wenn ihr nur eine halbe Pause auf die Suche nach Ludwig verwendet«, meint Basti. »Und jetzt, nach der Schule, wollt ihr euch verdrücken? Nichts da. Ihr müsst weitersuchen. Ihr müsst sofort zum Hausmeister gehen und ihm sagen, dass ihr eine Streichholzschachtel mit was Wichtigem drin vermisst. Vielleicht hat Herr Zindel die Schachtel beim Saubermachen gefunden und ... und ...«

»Was Wichtiges? Was denn?«, unterbricht ihn Moritz.

»Lasst euch was einfallen. Keine Ahnung, ein

Erbstück deiner Mutter vielleicht. Ein wertvoller Ring oder so. Ihr geht zu Zindel und fragt ihn. Und wir suchen ebenfalls alles ab. Wir können erst nach Haus, wenn wir Ludwig gefunden haben«, erwidert Basti.

»Erbstück meiner Mutter? Aber die lebt doch noch!« Moritz hat Verständnisschwierigkeiten. Darin ist er echt gut.

»Oh Mann, wie doof bist du eigentlich? Ein Schmuckstück, das deine Mutter geerbt hat, nicht du.«

Hey, das kommt von Paul. Der scheint zu begreifen, dass sie Ludwig nicht einfach sich selbst überlassen dürfen. Die Krawallos beginnen einzusehen, dass sie Mist gebaut haben. Das erleichtert zumindest das weitere Gespräch.

»Was wolltet ihr denn mit Ludwig in der Streichholzschachtel?«, will Basti wissen. »Ich denke, Ludwig sollte für euch die Bissl-Brettig und Herrn Püstel ausspionieren? Wozu braucht ihr da eine Streichholzschachtel?«

Die drei gucken sich an.

»Na ja«, meint Alex kleinlaut. »Wir wollten die Schachtel mit Ludwig drin in Püstels Aktentasche schmuggeln. Also, die Schachtel wollten wir dadrin verstecken. Dann wäre Ludwig mit Püstel nach

Hause gefahren und hätte dort einen Blick auf die Klassenarbeitszettel werfen können. Morgen wäre er dann zurückgekommen. Wir hätten ihn heimlich wieder vergrößert, und er hätte uns die Fragen der Arbeiten verraten.«

»Er selbst hätte ja auch was davon gehabt. Und euch hätte er die Fragen sicher ebenfalls verraten«, versucht Paul die Aktion zu rechtfertigen.

»Wie witzig.« Basti winkt ab.

»In der Aktentasche, richtig?«, Lilly guckt wie eine Richterin beim Verhör.

»Ja«, meint Paul. »Wir haben gedacht, Püstels Aktentasche ist ein guter Reisekoffer für Ludwig. Püstel fährt ja Fahrrad, und die Aktentasche, die hat er immer in seinem Fahrradkorb. Morgen früh hätte Ludwig sich heimlich wieder in die Streichholzschachtel gesetzt, Püstel hätte die Tasche genommen, und die beiden wären pünktlich zum Schulbeginn hier gewesen. Die Streichholzschachtel, die wäre sozusagen ein Erste-Klasse-Reiseabteil.«

»Eine Lateinlehrer-Aktentasche als ICE.«

Matz fasst es nicht. »Ihr habt vielleicht Ideen. Mann, o Mann.«

Die drei Krawallos schweigen. Ich möchte jetzt echt nicht in ihrer Haut stecken. Aber wir müssen uns nun beeilen. Die Suche nach Ludwig geht vor. Die Krawallos müssen mit Herrn Zindel sprechen. Stichwort: Erbstück. Und das erste Mal, wirklich das erste Mal in meinem Leben, HOFFE ich, dass sie Erfolg haben.

Doch leider ist alle Mühe vergebens. Herr Zindel weiß nichts von einer Streichholzschachtel. Auch als wir noch einmal das Schulgebäude durchstreifen, bleibt die Suche erfolglos.

Irgendwann am späten Nachmittag hat der Hausmeister genug von uns: Wir müssen die Schule verlassen.

Es ist eine Tragödie.

Und Ludwigs Eltern? Lilly und Basti kommen überein, dass wir es ausnahmsweise mit einer Notlüge versuchen. Alex soll in Ludwigs Namen eine Nachricht an Herrn Theisen schicken, in der steht, dass sie zusammen ein Bioreferat vorbereiten – eine total eilige und wichtige Sache über Insekten. Zum Beispiel über Stinkwanzen. Deshalb hat Alex Ludwig und die anderen zu sich eingeladen. Sie übernachten bei ihm und wollen das Referat gemeinsam fertigstellen.

Alex schwimmt ja in Geld. Sein Vater ist ziemlich reich. Außerdem hat Alex in seinem Zimmer einen teuren Computer und einen Drucker und auch sonst allen möglichen Schnickschnack, den man für so ein Referat braucht. Und er hat im Gegensatz zu Ludwig ein eigenes Handy und kann deshalb eine Nachricht an Ludwigs Vater schicken.

Mist. Lügen macht keinen Spaß, schon gar nicht, wenn es um solche ernsten Sachen geht. Mir ist sooo schlecht, wenn ich an die Gefahren denke, denen Ludwig ausgesetzt ist: Schuhsohlen, Riesenspinnen, gierige Vogelschnäbel, der Hausmeister mit seinem gigantischen Wischmopp und … und … und …

Verzweifelt machen Lilly und ich uns auf nach Hause.

Kapitel 9

Soeben meldet die Polizei ...

Papa hat seine Lesebrille auf. Aber er liest nicht. Er und Mama gucken mich an. Ihre Augen sind Billardkugeln, und irgendwie habe ich das Gefühl, dass die vier riesigen Kugeln, die so viel größer sind als ich, gleich in meine Richtung losrollen.

Meine Eltern sind fassungslos.

Ich stehe auf einer umgedrehten Tasse auf dem Esstisch, zusammen mit Ssuzi und Andi. Es ist dieselbe Tasse, aus der ich jeden Morgen Kakao trinke.

Lilly, Mama und Papa sitzen am Esstisch. Lilly hält

sich zurück. Wenn im Hintergrund nicht das Küchenradio dudeln würde, könnte man den Eindruck gewinnen, dass die Stimmung im Haus grad SUPEREISIG ist.

»Ben, sag uns BITTE, dass das nicht wahr ist«, jammert Mama.

»Ja«, meint Papa streng und – »Ähem!« – er räuspert sich. Er bemüht sich, seinen Ärger so weit zurückzuhalten, dass er mich nicht von der Tasse runterpustet. Papa hat immer noch nicht begriffen, dass ich als Winzling viel stärker bin, als er glaubt.

»Euer Physiklehrer muss AUF DER STELLE einen neuen Dingsda-Schrank bauen«, fügt er hinzu, »und dich wieder groß machen.«

»Dein Vater hat VOLLKOMMEN recht«, sagt Mama. Das sagt sie sehr selten. Und wenn sie es sagt, ist die Sache ernst. Ich muss vorsichtig sein.

»Das mit dem Schrank funktioniert nicht so einfach«, erwidere ich und spreche dabei in mein Mikro-Walkie-Talkie. »Diese Erfindung ist viel zu kompliziert, um sie …«

»Ach, wenn ich das schon höre!«, fällt mir Mama ins Wort. »Da hätte der Herr Lehrer vielleicht mal früher dran denken können, was da alles passieren kann.«

»Und dann auch noch Ludwig«, stöhnt Papa. »Wenn die Theisens nun erfahren, was mit ihrem Sohn ist?«

»Stellt euch vor, der Junge bleibt verschwunden.« Hui, Mamas Worte erzeugen einen mächtigen Windstoß. Sogar Andi duckt sich. »Dieser verrückte Erfinder!«

So geht es hin und her. Meine Eltern sind besorgt, machen Doktor Yogeshwar für alles verantwortlich, wollen Frau Bissl-Brettig anrufen und die Polizei und die Feuerwehr. Am liebsten würden sie wohl auch den Katastrophenschutz benachrichtigen und eine internationale Eingreiftruppe mit Rettungshubschrauber und Hilfskonvoi anfordern.

Papa, der VOR den Ferien noch stolz darauf war, dass ich Erfinder werden will, ist plötzlich ganz anderer Meinung. Und Mama hat sogar Angst um mein Leben.

»Um Himmels willen, Benjamin, wenn du jetzt immer so klein bleibst, wie soll ich dir dann das Schulbrot schmieren? So winzige Messer besitze ich gar nicht. Du wirst verhungern. Und was, wenn du mal eine neue Hose brauchst? Solche kleinen Größen finde ich nirgends. Schon gar nicht im Sonderangebot!«

»**Krrrrrk! Krrrrrrk! Krrrrrrk!**«

Hör auf zu lachen, Andi, denke ich und rufe in Richtung Mama: »Aber meine Schulbrote schmier ich mir doch sowieso selber. Und wenn ich klein bleibe, dann ist für mich auch dann noch genug da, wenn IHR längst am Hungertuch nagt. Ein einziger Milchtropfen reicht mir für mindestens zweiundvierzig Tassen Kakao!«

»Wie? Du kannst doch nicht zweiundvierzig Tassen Kakao trinken. Wie ungesund ist das denn? Und wieso am Hungertuch nagen? Das will ich nicht hoffen.«

Mama ist dermaßen durcheinander, dass sie gar nichts mehr versteht. Papa überlegt vermutlich, ob er

Herrn Theisen anrufen soll. Grad will er wieder was sagen, da wird plötzlich die Dudelmusik im Radio für eine wichtige Durchsage unterbrochen.

»Meine Damen und Herren, soeben meldet die Polizei einen Bankraub in der Stadt Odenberg. Die Tat gibt den ermittelnden Beamten Rätsel auf. Zwei Männer, die unter dringendem Tatverdacht stehen, die Sparkasse der Kleinstadt überfallen zu haben, wurden verhört, doch ihnen konnte nichts nachgewiesen werden. Die Beute beträgt etwa hunderttausend Euro. Da es sich um einen Betrag in kleinen Geldscheinen handelt, dürfte die Summe nicht so leicht zu verstecken sein. Zeugen haben berichtet, dass die beiden Verdächtigen mit Gesichtsmaskierung und einer großen Tasche aus der Filiale stürmten: zu einem Pferdetransporter, der in der Nähe geparkt war. Als die Polizei wenige Minuten nach dem Überfall am Tatort eintraf und die Männer aufforderte, den Pferdetransporter zu verlassen, fehlte von dem Geld jedoch jede Spur. Aufgrund der Maskierung war es den zur Zeit des Überfalls in der Sparkasse befindlichen Zeugen nicht möglich, die Männer eindeutig zu identifizieren. Wir werden weiter berichten, sobald uns neue Meldungen vorliegen. Und nun zurück zur Musik. Es spielen die *Vier Fröhlichen Fleischklopse* die Hits ihrer neuesten Platte. Hören Sie zunächst den lustigen Wackeldackel-Blues ...«

Pferdetransporter? Ich schaue zu Lilly und Andi. Kaum beginnt der Wackeldackel-Blues mit den ersten Akkorden – meine Mama LIEBT diese doofe Musik –, rufe ich: »Der Schrank! Er befindet sich in dem Pferdetransporter, von dem Andi erzählt hat. Die große Dose für den wiehernden Stinkapfelbaum. Wir müssen sofort hin, bevor die Diebe abhauen. Ssuzi, Alarmstart!«

»Du hast recht!« Lilly rennt los, und Ssuzi lässt die Flügel sirren.

ZSSSSSSSSSSSSSSSS!

»Ben? Was ist denn nun schon wieder?«, fragt Papa streng. Das Walkie-Talkie knistert. Papa ist nicht so ein Schlagermusikfan wie Mama.

»Keine Zeit!«, rufe ich, schwinge mich auf Ssuzis Rücken, und wir heben mit Andi im Wespen-Zangengriff ab – vor den staunenden Augen meiner Eltern.

Ssuzi saust durch den Küchenfensterspalt hinaus ins Freie. Lilly nimmt den Weg durch die Haustür. Wir hören nur noch: »Lilly, Ben, ihr passt aber bitte auf euch auf, ja?!« – dann hat Lilly ihr Fahrrad auf

Höchstgeschwindigkeit beschleunigt und flitzt Richtung Stadtmitte. Ssuzi braust ihr bereits voraus.

In der Stadt ist der Teufel los. Wir kommen lange vor Lilly dort an. Mehrere Polizeiwagen mit Blaulicht sind an der Sparkasse vorgefahren, stehen mit den Autoschnauzen direkt vor der gläsernen Eingangstür. Das erinnert mich an eine Szene aus einem Gangsterfilm. Überall rings um das Gebäude herum tuscheln Leute miteinander.

Ich lasse Ssuzi aber noch nicht landen.

»Ssuzi, Andi«, rufe ich, »haltet nach dem Pferdetransporter Ausschau! Vielleicht steht der hier noch irgendwo!«

»Schwierige Sache«, jammert Andi. Seine Stimme klingt kläglich. Ob ihm übel ist? »Ich er-**krrrrr**-kenne große Stinkapfelbaum-Dosen nur von unten.«

Ups, damit hat er natürlich recht. Eine Ameise kann sich von einem Pferdetransporter wahrscheinlich am besten die Schluchten des Reifenprofils merken. Bleiben also nur zwei für die Luftüberwachung: Ssuzi und ich – während Andi wegen Ssuzis Flugmanövern mit Schwindelgefühlen kämpft.

Uuuuh, jetzt fliegt Ssuzi eine sehr enge Kurve.

»Sssieh mal, Ben. Da issst sssie: Sssooo eine sssüssse Doossse. Da müsssen wir sssofort hin. SSSupie!«, jauchzt sie vor Glück.

»Halt, Ssuzi!«, kreische ich, weil die verrückte Wespe gleich darauf wie ein Pfeil im Sturzflug auf den Marktplatz von Odenberg zuhält.

»Das da unten ist KEIN Pferdetransporter, Ssuzi!«

Sie hört mich nicht.

»Ooooh, diese **Krrrrr**-CHAOS-Wespe«, jammert Andi.

»Das ist ein OBSTSTAND, Ssuzi. Und was dort liegt, sind keine Stinkäpfel, sondern aufgeschnittene Melonen.«

Sie hört mich immer noch nicht. Stattdessen stößt sie einen schrillen Jubelruf aus: »SSSSSÜÜÜÜSSSSS!«

»STOOOP!« Ich ziehe mit voller Kraft an ihren Fühlern. Daran halte ich mich beim Fliegen fest, und manchmal benutze ich die Fühler wie Zügel bei einem Pferd.

ENDLICH reagiert Ssuzi und steigt wieder höher – in einem Flugmanöver, das man getrost als Kotzgefühl-Kurve bezeichnen könnte.

»OOOOOOH!« Andi stöhnt. Er tut mir echt leid.

»Wenn du weiter so undiszipliniert durch die Gegend summst, dann hilfst du Ludwig und dem Ananas-Mann nie!«, schimpfe ich.

»Oh, sssorry, Ben. Aber sssobald ich wasss Sssüssses sssehe, wird mir im Kopf immer sssooo ssseltsssam sssonderbar.«

»**Krrrr**-Kopf?«, grummelt Andi. »Wo eine Ameise einen Kopf und ein Gehirn hat, da hat eine Wespe nur eine leere Zuckerdose.«

»Bitte keinen Streit jetzt«, gehe ich dazwischen. »Wenn wir den Pferdetransporter nicht finden, dann haben wir alle drei nicht mehr Grips im Kopf, als in einer leeren Zuckerdose Platz ist.«

Endlich geben sie Ruhe, und wir setzen die Suche fort. Ssuzi schwirrt hin und her. Nirgends ist ein Pferdetransporter zu sehen. Wir fliegen Kreise und suchen die Parkplätze in den Nebenstraßen ab.

Ich entdecke Lilly, die mit dem Fahrrad um eine Straßenecke biegt. Basti und Matz sind bei ihr. Vermutlich hat sie die beiden von unterwegs angerufen. Die Zahl der Neugierigen in Odenberg ist an diesem Nachmittag ausgesprochen hoch.

Lilly, Matz und Basti schieben sich mit ihren Rädern zwischen die Leute. Lilly wendet sich an einen Polizisten. Sie unterhalten sich. Der Polizist nickt und zuckt mit den Schultern und sieht gar nicht glücklich aus.

Was hat Lilly ihn gefragt?

Ssuzi und ich landen auf ihrer Schulter, und ich nehme Walkie-Talkie-Kontakt auf.

»Die Polizei hat die Verdächtigen freigelassen. Sie konnten ihnen nichts nachweisen«, sagt Lilly enttäuscht. »Jetzt sind sie weg.«

»Mist!«, rufe ich. »Haben sie keine Adresse angeben müssen? Die Polizisten nehmen doch immer die Personalien auf.«

»Ja«, sagt Lilly. »Aber es hat sich herausgestellt, dass die Angaben falsch waren und dass der Wagen, der den Pferdetransporter zog, ein gefälschtes Nummernschild trug. Jetzt ärgern die Polizisten sich, dass sie die Leute nicht länger festgehalten haben. Die sind futsch.«

So ein Elend. Die ganze Sache liegt nur eine halbe Stunde zurück, und ich habe das Gefühl, wir kommen über ein Jahr zu spät.

»Wir fliegen wieder los und umkreisen die Stadt. Vielleicht entdecken wir den Transporter doch noch irgendwo. Wir MÜSSEN ihn finden. Schon allein wegen Ludwig«, sage ich beschwörend.

Da meldet sich Andi. Er hat seine flugbedingten Magenprobleme nun halbwegs im Griff.

»Ben, ich glaube, ich **krrrrk**-könnte euch besser helfen, wenn ich am Boden bleibe.«

»Am Boden?«

»Ja. Ich habe eine Idee«, knarzt er. »**Krrrrr**-könnt ihr mich zu Ameise-01B-Nestbau-Leitung Wurmkasten Igelheim Abteilung Sektor I Planung-Verwaltung bringen?«

»Du meinst, zu Königin Alwina? Zum Ameisennest am Komposthaufen? Was willst Du da?«

»Ist eine sehr **krrrrrr**-komplizierte Angelegenheit. Wenn es funktioniert, wirst du es morgen früh vor Schulbeginn sehen. Wir – **krrrrrk** – treffen uns bei Professor Max. Pünktlich zur ersten Stunde.«

»Hey, nun erklär schon: Was hast du vor?«

Andi zuckt nur mit den Fühlern. »Davon verstehst du nichts – **krrrrrk**«, sagt er. »Diplomatie zu erklären, ist anstrengend und dauert lange. Wir sollten aber **krrrr**-keine Zeit verlieren und gleich zum Nest fliegen.«

Kein weiteres Wort. Manchmal kommt mir ja doch der Gedanke, dass Ameisen uns Menschen für zurückgeblieben halten. Tja, wenn ich an die Krawallos denke, dann muss ich ihnen zustimmen.

Wir bringen Andi zum Nest. Er verabschiedet sich und verschwindet direkt im Eingang. **Schwupp** – weg ist er.

Morgen früh also, vor Schulbeginn, bei Professor Max.

Ich bin gespannt.

Kapitel 10

Das große Krabbeln

So ein Reinfall. Am Abend hat Ssuzi Flügelmuskelkater. Ich habe vom Suchen Augenmuskelkater. Lilly und Basti haben Fahrradfahrerbeinmuskelkater, und Matz hat noch zusätzlich Magenmuskelkater vor Hunger, weil wir alle bis zum Sonnenuntergang nach dem Pferdetransporter gesucht haben. Ohne Erfolg.

In der Nacht schlafe ich furchtbar schlecht. Am nächsten Morgen will ich gleich los, ohne was zu essen. Ludwig MUSS in der Schule sein. DORT müssen wir weitersuchen, dringend. Mama aber nervt und liegt

Lilly und mir mit ihrer Frühstücksbrot-Neurose in den Ohren. Sogar Ssuzi muss darunter leiden, denn Mama sorgt sich um ihre ausgewogene Ernährung und fragt mich ständig, welche Vitamine eine Wespe so braucht.

»Mama, ein Stück Ananas genügt völlig«, erkläre ich.

»Ananas. Das ist doch sehr einseitig. Und ist da nicht viel zu viel Zucker drin?«

»Mama, Ssuzi ist eine Wespe. Wespen LIEBEN Zucker. Für eine Wespe ist Zucker vermutlich so was wie … wie Vitamin Z.«

»So ein Unsinn, Ben. Merk dir: Nicht immer ist das, was man mag, auch gut für die Entwicklung. Unsere Ernährung sollte abwechslungsreich sein. Ich habe deiner Wespe mal ein Stück Brokkoli auf den Teller gelegt. Der soll ja sehr gesund sein.«

Brokkoli. Ich fasse es nicht.

Ich verdrehe die Augen, sage aber nichts. Lilly legt Ssuzi heimlich ein Stück gezuckerte Aprikose hin.

»Oh, du bissst sssooo süsss. Eine richtige LECKER-LILLY!«, summt Ssuzi, was ich Lilly sofort übersetze.

Sie lacht und bedankt sich mit einer weiteren Süßigkeit. Mama hingegen wird es wohl nie zu dem Ehrentitel ANANASMAMA bringen.

Um kurz nach sieben fliegen wir los, und in der Schule erlebe ich eine Riesenüberraschung. Die hat mit Andi und seiner diplomatischen Mission zu tun. Im Aquarium sehe ich einen seltsamen grauen Kasten.

Aufgeregt empfängt mich Max. »Lieber Ben, schau nur. Dies wurde mir in der Nacht geliefert. Ich bin mir nicht sicher, was ich damit soll. Als Bett finde ich es ein wenig zu eng. Auch Olaf, der ja in der letzten Zeit SEHR zugenommen hat, passt nicht rein. Im Übrigen schlafe ich gern im Freien, denn als Bücherwurm komme ich zu wenig raus. Was sollen wir also damit?«

Mir stockt der Atem. Was Max da als Bett bezeichnet, ist eine Streichholzschachtel. Genauer, das Innere einer Streichholzschachtel: diese graue Innenbox, ohne die Hülle mit der Reißfläche, in die sie reingeschoben wird. Das Ding sieht für mich aus wie eine gigantische Pappwanne, die, mit ein paar Tropfen Wasser gefüllt, ein prima Schwimmbecken ergäbe. Mir ist natürlich sofort klar, dass es sich um die Schachtel handelt, in der die Krawallos Ludwig transportiert haben. Es KANN nur diese Schachtel sein. Von Ludwig allerdings fehlt jede Spur, und AUS der Schachtel dringen merkwürdige Geräusche.

Krrrrrkrrrr! Krrrrrrkrrrr! Krrrrrkrrrr!

Max guckt streng. »Ich habe schon überlegt, ihn zu wecken und zu fragen, ob er mir die Lieferung dieses viel zu kleinen Bettes erklären kann. Mir ist vollkommen schleierhaft, wie man in solch einem unbequemen Ding so tief schlafen kann. Na, für Ameisen scheint die Größe ja zu genügen.«

ENDLICH verstehe ich. IN der Schachtel befindet sich Andi.

Schwupp – ich kraxle an der Pappwand hoch, gucke über den Rand und sehe: jawohl, eine schlafende Ameise.

Schlafend und SCHNARCHEND.

Neben Andi liegt etwas, das mich an eine Lanze oder riesige Mikadostäbe erinnert.

Mehrere davon kreuz und quer übereinander. Weiß sind sie. Aber auf einem dieser Stäbe befinden sich schwarze Punkte.

Krrrrrkrrrr! Krrrrrrkrrrr! Krrrrrkrrrr!

Andi klingt wie eine Säge, die sich an den Mikadostäben versucht. Obwohl – ich gucke genauer hin –, für Mikadostäbe sind die Dinger zu krumm. Seltsam. Ich springe in die Schachtel hinein.

Hopp – schon stehe ich neben der schnarchenden Ameise.

»Andi? Aufwachen! Hallo!«

Das darf nicht wahr sein. Er schläft tiefer als eine Bohrung zum Erdmittelpunkt. Es hilft nicht einmal, wenn ich an seinen Fühlern ziehe.

Szuzi muss her.

Ich rufe sie herbei und schicke sie los, in der Klasse Schokokrümel zu suchen. Unter meinem Pult müssten die Reste eines Nuss-Nougat-Riegels liegen. Unter so ziemlich allen Tischen der Schule befinden sich Lebensmittel, vergessene Butterbrote, Äpfel, Schoko- oder Müsliriegel, die einem Ameisennest oder einer Wespenkolonie wochenlang Nahrung bieten könnten.

Ssuzi surrt begeistert davon. Süße Sachen suchen ist ihre Lieblingsbeschäftigung.

Doch einige Minuten später kehrt sie enttäuscht zurück. »Sssowasss Blödesss. Allesss versssswunden. Esss gibt hier nichtsss Sssüssses, Ben.«

»Was? Das kann nicht sein. Hast du echt überall nachgesehen?«

»Überall«, sagt Ssuzi kleinlaut.

Hat Hausmeister Zindel echt die Klasse aufgeräumt?

Ich habe noch nie erlebt, dass er unter der Woche Lebensmittel einsammelt. Unser Hausmeister ist kein Dieb. Nur was übers Wochenende vergammeln könnte, das kommt weg.

»Andi, wach auf! Was ist hier passiert?«, versuche ich es erneut.

Er schnarcht lauter als eine Motorsäge. Diese krummen Mikadostäbe neben ihm geben mir zu denken. Aber bevor ich mir weiter den Kopf zerbrechen kann, taucht ein anderer Kopf auf.

Olaf senkt sich von oben herab aus dem frischen Grün. Sein Mund bewegt sich wie die Trommel einer Waschmaschine. Wie kann man nur so viel essen und dabei auch noch sprechen?

»Du meine Güte – mampf, mampf – er schläft ja immer noch«, sagt er. »Das große Krabbeln muss SEHR anstrengend gewesen sein.«

»Das große WAS?« In meinem Blick verhaken sich Fragezeichen wie Büroklammern.

»Das große – mampf, mampf – Krabbeln«, wiederholt Olaf und schüttelt sich. »Uuh, da waren plötzlich überall Füße. ÜBERALL. Ich habe schon gedacht, Olaf – mampf, mampf – jetzt wirst du in eine Speisekammer gebracht und bald aufgefuttert. Das hast du nun davon – mampf, mampf – dass du so dick bist. Am liebsten wäre ich weggeflogen, aber das – mampf, mampf – kann ich noch nicht. Und dann waren sie auch schon über mich hinweg. Sie sind immer sehr schnell – mampf, mampf –, wenn sie ein großes Krabbeln veranstalten, verstehst du?«

»Äh … nein, ich verstehe nicht«, murmele ich.

Da mischt sich Max ein. »Aha. Jetzt wird mir EINIGES klar. Nach einem Tag voller Studien ist ein Bücherwurm doch recht müde und schläft gut und tief. In der letzten Nacht allerdings war da dieses KRIBBELN, und in meinem Traum war mir, als würden alle Fragen der Welt über mich hinwegtrippeln und die Lösungen aus mir herauskitzeln wollen. Ein spannendes Gefühl.«

»Das waren Ameisen, Chef – mampf, mampf«, erklärt Olaf. »Sie waren in der Nacht hier. Viele Tausende.«

»Ameisen?«, rufe ich. Aber bevor ich weitersprechen kann, stöhnt Max.

»Tausende? Du meine Güte. Ich hoffe nicht, dass die Zahl der Schüler an dieser Wurmiversität DERMASSEN zunimmt. Ich könnte natürlich noch den einen oder anderen zusätzlich zu dir, Olaf, unterrichten. Vor allem, weil du dich ja wohl bald verpuppst, so rund wie du schon bist. Aber doch nicht SO viele.«

»Moment mal«, unterbreche ich. »Wollt ihr mir sagen, dass sich die Schule in der vergangenen Nacht in einen wimmelnden Ameisenbau verwandelt hat? Was wollten die denn alle hier? Hat Andi sie angeführt? Ist er deshalb so müde?«

»Ja, das könnte möglich sein«, sinniert Max.

Und Olaf nickt. Dann guckt er hinüber zu Andi. »Vielleicht bekommen wir ihn wach, wenn wir ihn – mampf, mampf – auf Ameisisch ansprechen. Also, ich meine – mampf, mampf – wie so ein Ameisengeneral. Die sind doch immer so diszipliniert, die Ameisen.«

Ich runzle die Stirn und frage mich, was Olaf meint. Der bläst die kauenden Backen auf, verharrt einen Moment und wird plötzlich rot. Dann guckt er verschämt hinüber zu Professor Max und murmelt kleinlaut: »Ich glaube, Chef, ich bin darin nicht so gut.«

Max nickt. »In der Tat, Olaf. Ich vermute, du hast dir den korrekten Namen unseres sechsbeinigen Freundes gar nicht merken können. Ich habe dir immer wieder gesagt: Ein gutes Gedächtnis ist die gefüllte Speisekammer jedes geistig wohlgenährten Schülers.«

Max räuspert sich. »Nun denn. Dann will ich mal als … ähem … General auftreten.«

Der Professor hebt den Oberkörper über den Rand der Streichholzschachtel, lugt hinein, spricht und guckt dabei sehr streng. »Ameise-41zk-Nestbau-Nord-Sektor D-Innen, Leitung Wachtrupp Königinnenkammer – zurzeit: Nestwächter-Zentralgarde-Sektor A-bis-D-Innen, Leitung und Ausbildung der Abteilungen Sicherung

und Alarm Nestbau Wurmkasten Igelheim: Erbitte Bericht zur Lage in der Nacht, zu durchgeführten Operationen und Ergebnissen!«

Was ist das denn? Die Worte, die Max da äußert, als wäre er die Ameisenkönigin selbst, lassen den schlafenden Andi förmlich zusammenzucken.

Er springt auf, taumelt im Kreis und murmelt mit geschlossenen Augen: »Jawohl – **krrrrrrk**, Herr General. 500.000 Mitglieder des Nestes Wurmkasten Igelheim haben in der Nacht die ganze Schule durchsucht. Operation Pappschachtel, ver-**krrrr**-kleinertes Schuhgeheuer. Sämtliche Klassenräume wurden inspiziert. Kein Schlupfwinkel – **krrrrk** – blieb undurchsucht. Operation erfolgreich. Sogenannte Streichholz-**krrrk**-schachtel im Stufengebirge der großen Stein-**krrr**-Kiste entdeckt. Fund anschließend hergebracht zur Inspektion. Keine Spur von geschrumpftem Schuh-**krrrrr**-geheuer. Jedoch wurden einige verdächtige Gegenstände sichergestellt. Womöglich Wuffspieße. Müssen noch genauer untersucht werden. Fundort: neben der sogenannten Streichholzschachtel. Wie mit **Krrrr**-Königin-01B-Nestbau-Leitung Wurmkasten Igelheim Abteilung Sektor I Planung-Verwaltung besprochen, wurden sämtliche Nährstofffunde der großen Steinkiste konfisziert und zum Nest gebracht. Dauer des Einsatzes: neun Stunden. **Krrr-krrrrrk! Krrr-krrrrrk! Krrrrr-krrrrrk!**«

Er ist wieder eingeschlafen. Neun Stunden lang haben die Ameisen also jeden Winkel der Schule durchsucht. Kein Wunder, dass Andi todmüde ist.

Was muss das für ein Bild gewesen sein: ein dunkelroter, krabbelnder Teppich, der unter jedem Türschlitz hindurchfließt. Krabbelnde Ameisen, die an Pulten und Stühlen hochkraxeln und jeden Apfel, jedes Obststück, jeden Brotrest, alles, was irgendwie süß oder nahrhaft ist, mit ins Nest nehmen. Ich vermute, die Schule ist jetzt vollkommen ananas-, apfel- und schokofrei. Arme Ssuzi.

Tja, die Streichholzschachtel ist gefunden. Immerhin. *Stufengebirge der großen Steinkiste* heißt auf Ameisisch vermutlich Treppe. Die Treppe im Schulgebäude.

Und diese Wuffspieße, damit meint Andi Wurfspieße. Im Halbschlaf Gemurmeltes klingt ja manchmal etwas undeutlich. Wie Wurfspieße sehen sie ja auch aus, die Mikadostäbe: leicht gekrümmte, weiße Wurfspieße. Aber wer sollte die werfen? Sind die Ameisen angegriffen worden? Handelt es sich bei den Wurfspießen vielleicht um Giftstacheln irgendwelcher fiesen Insekten?

Professor Max hat seinen Kopf ganz nah an einen der Spieße herangeschoben und betrachtet ihn.

»So, so«, grummelt er. »Hmmm, hmmm. Interessant, diese schwarzen Punkte hier. Wenn mich nicht alles täuscht, sind das Kotspuren von *Ctenocephalides canis*.« Er rümpft ein wenig die Nase.

Ctenocepha… WAS? Max benimmt sich mal wieder oberschlau, und mir schwirrt der Kopf. Ich gucke mir die schwarzen Punkte auf dem weißen Spieß ebenfalls an.

»Canis *Terriarium* …«, murmelt Max – und lacht. »Hö, hö: *Terriarium*. Ein guter Witz, Maximilian. Wirklich ein guter Witz.«

Hallo? Fängt Max jetzt auch noch an, Lateinisch zu reden wie unser Herr Püstel? *Canis* … Das kommt mir bekannt vor. Au Mann, Vokabeln lernen war nie meine Stärke. Lilly wüsste, was *Canis* heißt. *Terriarium* meint ja wohl den Glaskasten hier, also nicht TerrIarium, sondern Terrarium. Und zwar das, in dem wir uns befinden. *Canis* – *Canis* – Los, winzigstes Ben-Gehirn aller Zeiten, streng dich an! *Canis*, das heißt …

PENG! Ein Geistesblitz. Nein, es macht nicht PENG, sondern **WUFF**. Wow, mein winziger Kopf arbeitet wie ein Mikroprozessor.

»HUND!«, rufe ich. »*Canis* heißt Hund. Jetzt verstehe ich auch den Witz, den Max gemacht hat: Ein *Canis Terriarium* ist ein TERRIER?«

Max lacht nun dermaßen laut, dass wieder Wellen über seinen Wurmkörper laufen. Olaf fällt vor Schreck aus dem frischen Futtergrün und plumpst wie eine dicke, weiche Matratze neben uns.

»Richtig, Ben«, sagt Max amüsiert »Manchmal denke ich, dass mein Vorfahr, der selige Detektiv Sherlock Holzwurm, stolz auf mich wäre. *Ctenocephalides canis* ist das wissenschaftliche Wort für *Hundefloh*. Die schwarzen Punkte dort drüben auf dem weißen Spieß stammen von Ausscheidungen eines Hundeflohs. Das, was unser Ameisenfreund Andi WUFFSPIESSE nennt, sind Hundehaare. Haare von einem – wie sagtest du, Ben? – Terrier.«

Ich staune Bauklötzchen und sage: »Ein West-Highland High Terrier. Ein schneeweißer. Der Hund von Herrn Püstel. Mit kleinen Flohkackespuren auf einem seiner Haare. Die Haare gehören zu Dodo.«

Max nickt. Olaf versteht nicht alles. Er weiß aber, wer oder was Dodo ist. Alarmiert berichtet er von einem schrecklichen, feuchten, schwarzen Löcherkissen, das ihn vor Kurzem untersucht hat und dabei grässliche Geräusche ausstieß – die feuchte Hundenase des freundlich-neugierigen Dodo.

»Es saugte mich an. Ein schwarzes Monster-Mörderkissen. Ich bin so froh – mampf, mampf –, dass ich so schwer bin«, plappert er.

»Olaf, ich bemerke sehr wohl, dass du dir deine Gewichtszunahme mal wieder schönredest«, rügt ihn Max.

»Aber das Monsterkissen hätte eine dünnere Raupe als mich – mampf, mampf – leicht vom Blatt gesaugt. Und ich muss – mampf, mampf – ich muss doch dick sein, wenn ich mich verpuppen will«, verteidigt sich Olaf.

»Hallo!«, rufe ich. »Wir haben doch wohl wichtigere Probleme. Wir müssen rausfinden, wie uns Dodo und die Flohkackespuren in seinem Fell helfen können, Ludwig zu finden.«

Plötzlich schwillt draußen Lärm an. Es gongt zur ersten Stunde. Mit großem Radau stürmen meine riesigen Mitschüler in den Klassenraum. Wir haben Englisch

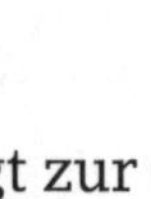

bei Frau Bissl-Brettig. Uff. Wie gut, dass ich heute nicht dabei bin. Ich könnte mich nie und nimmer auf den Schlossgeist von Canterville konzentrieren.

Kapitel 11

Professor Max ist ein wahrer Detektiv

Die Spannung in der Klasse ist mit Händen greifbar. Kurz bevor Frau Bissl-Brettig eintritt und alles verstummt, wird mir klar, dass Lilly, Basti und Matz – aber auch Alex, Paul und Moritz – wie verrückt darauf hoffen, dass Ludwig in Püstels Aktentasche geklettert ist.

Sie sind hochnervös. Sogar das Großmaul Alex hält den Mund und knibbelt an den Fingern.

Leider haben wir Püstel erst in der dritten Stunde. Nach Englisch folgt Mathe bei Herrn Yogeshwar, und dann kommt noch die große Pause.

Endlich wacht Andi auf und erzählt mir, wie er mit Hunderttausenden Ameisenkollegen in der Nacht die Schule durchsucht hat. Wenn Ameisen suchen, bilden sie ein enges und total krabbliges Suchnetz. Ein Netz aus unzähligen miteinander verhakten, nur wenige Millimeter großen Ameisenkörpern, denen NICHTS entgeht. Wäre Ludwig hier in der Schule, sie hätten ihn gefunden. Es bleibt also nur Püstels Aktentasche. Au Mann.

Englisch läuft heute sehr zäh. Die Bissl-Brettig flucht, weil selbst gute Schüler wie meine Schwester oder Basti alles vergessen zu haben scheinen.

»Himmel, Liliane. Was ist denn los mit dir? Weißt du etwa nicht mehr, was Blut heißt? *Blood*, meine Liebe. Setz dich. Das war *bloody bad*. Vier minus.«

In der zweiten Stunde sitzt Doktor Yogeshwar kreidebleich am Lehrerpult und murmelt was von *Brachzuhlrechnung*. Und dann weiß er nicht, ob er besser *Maul oder Poritz* – also Paul oder Moritz – an die Tafel holen soll.

Schießlich wählt er Moritz und lässt ihn vor der Klasse *Multipolizeiaktionen* – äh – *Multiplikationen* durchführen.

Moritz macht dabei so viele Fehler, dass er mir fast

leidtut. Wie gut für ihn, dass Doktor Yogeshwar so unkonzentriert ist.

Als es zur Pause klingelt, flitzen alle raus. Nur Lilly, Basti, Matz, Alex und Paul bleiben zurück. Sie besprechen, wie sie vorgehen sollen, um gleich in der nächsten Stunde einen Blick in Püstels Aktentasche zu werfen. Ich bin gespannt.

Und dann ist es so weit.

Püstel erscheint, die Aktentasche in der Hand. Er stellt sie neben das Pult, nimmt Platz, holt das Lateinbuch raus, legt los. Püstel fackelt nie lange: Er hat sich einen fiesen Text ausgesucht, den wir übersetzen sollen.

»So, heute mal eine etwas schwierigere Übung. Zur Vorbereitung für die Klassenarbeit«, verkündet er. »Da sitzt ja noch gar nichts.«

Oje. Von wegen, da sitzt gar nichts: ALLE sitzen und gucken nach unten. Keiner will drankommen. Doch plötzlich meldet sich Basti, er guckt dabei allerdings aus dem Fenster.

»Sebastian? Freiwillig?« Püstel kann es nicht glauben. »Na, dann leg mal los«, ermuntert er ihn.

Basti denkt aber gar nicht an die Übersetzung. »Ihr

Hund, Dodo, der ist da draußen«, ruft er. »Da parkt so ein Auto. Ich glaube, der Fahrer lockt ihn mit irgendwas an. Der will ihn bestimmt entführen.«

Die Klasse wird laut. Und schlagartig ist es mit Püstels Lateinlehrer-Überlegenheit vorbei. »Was? Dodo? Aber der ist doch ... der sollte doch ...« Ohne den Satz zu beenden, springt er von seinem Stuhl auf und eilt zum Fenster. »Was denn? Wo denn?«, ruft er.

Währenddessen erhebt sich Alex. Püstel bemerkt ihn nicht. Er blickt aus dem Fenster und unterhält sich aufgeregt mit Basti, denn er sieht da draußen weder ein Auto noch Dodo.

Alex öffnet derweil die Aktentasche, guckt rein, wühlt vorsichtig drin herum. Meine Mitschüler denken vermutlich, er sucht nach dem Zettel für die nächste Klassenarbeit. Am Fenster unterhalten sich Basti und Püstel weiter.

»Das Auto, das ist grad weggefahren. Ich könnte schwören, dass ich Dodo gesehen hab«, verteidigt sich Basti, weil Püstel misstrauisch wird. »So ein kleiner, weißer Hund war das. Total süß.«

Püstels Unruhe wird so groß, dass er aus der Klasse stürmt. Sofort wird es laut. Alle applaudieren, finden

den Streich cool. Haben die vergessen, dass Sebastian von Büchenburg und Alexander Krawoll noch nie was gemeinsam ausgeheckt haben?

Alex aber lässt sich vom Applaus nicht beeindrucken. Er guckt ganz und gar nicht glücklich. Offensichtlich befand sich Ludwig NICHT in der Aktentasche. Mein Herz rast. Werden wir Ludwig jemals wiedersehen?

Nach kaum fünf Minuten kehrt Püstel zurück. Mit Dodo. Und mit Frau Bissl-Brettig. Püstel ahnt, dass man versucht hat, ihn an der Nase herumzuführen. Basti aber behauptet standhaft, einen weißen Hund und ein unbekanntes Fahrzeug gesehen zu haben. Da Basti unser Püstelchen NOCH NIE reingelegt hat, glaubt er ihm schließlich!

Frau Bissl-Brettig guckt die ganze Zeit über völlig verklärt. »Lieber Quintus«, säuselt sie, »machen Sie sich keine Sorgen, unser kleiner Dodo ist bei mir im Direktorinnenzimmer immer willkommen, wenn Sie Unterricht geben. Auch meine Sekretärin Frau Lümmel hat ihn schon sehr ins Herz geschlossen.«

Das stimmt. Auf der Tür von Frau Lümmel könnte ganz groß ZUTRITT NUR FÜR SÜSSE HUNDIS stehen. Aber wehe, WIR wollen mal was von ihr.

Alle grinsen. Die Bissl-Brettig streichelt Dodo. Der wedelt mit dem Schwanz und bellt, als wollte er sich bei ihr bedanken. So was finden Schuldirektorinnen natürlich prima.

Püstel scheint es ein bisschen peinlich zu sein, dass ihn die Bissl-Brettig so umgarnt. Und dann, bevor sie mit dem schwanzwedelnden Dodo wieder Richtung Sekretariat und Frau Lümmels Hunde-Leckerlis abzieht, sagt sie etwas, bei dem nicht nur ich aufhorche.

»Mein lieber Quintus. Ich muss jetzt noch einen Brief an die Schulbehörde schreiben. Aber es bleibt dabei: Heute Nachmittag zu Tee und Gebäck bei Ihnen. Ich komme pünktlich um vier Uhr. Dann können wir gemütlich über die anstehenden Klassenarbeiten sprechen. Ich freue mich!« Düdeldü – und ab.

WOMM – Püstel wird rot. Die Mädchen in der Klasse kichern. Ich aber blicke zu Lilly und sehe in ihren Augen ganz klar einen Funken Hoffnung.

Sie denkt, was auch ich denke: WENN sich Ludwig bei Püstel zu Hause befindet, dann wird er dort noch einen Tag bleiben, denn heute Nachmittag hat er die allerbeste Gelegenheit, die Aufgaben der kommenden Englisch- und Lateinarbeiten auszuspionieren.

Der Hoffnungsfunken in Lillys Blick vergeht allerdings so schnell wie das Glimmen eines ausgebrannten Streichholzes.

Ausgerechnet in diesem Moment nämlich fragen wir uns wohl beide, wie wahrscheinlich es ist, dass Ludwig Püstels Haus erreicht hat, ohne Püstels Aktentasche zu benutzen.

Für die Reise war ja die Streichholzschachtel vorgesehen. Die aber liegt hier im Insektarium. Ludwig KANN sie also nicht benutzt haben.

Hat er ohne Schachtel einen Weg in die Tasche gefunden?

»Ähem, ich glaube, ich verstehe«, murmelt neben mir plötzlich Professor Max.

Ich gucke ihn überrascht an.

»Es geht um deine Frage, Ben«, sagt er. »Ich verstehe sie nun.«

»Meine Frage?« Ich runzle die Stirn.

»Na, du hast mich doch vorhin gefragt, wie uns ein CANIS TERRIARIUM – hö, hö –, also ein Hund und ein Floh, helfen könnten, deinen Freund zu finden. Ich ahne, auf welchem Weg dieser Ludwig zu dem netten Gelehrten mit Namen Püstel gelangt ist.«

Ich blicke Max wie elektrisiert an. »Sagen Sie schon, Herr Professor. Wie hat er das gemacht?«

»Na, er ist mit dem Hund gereist. Und ein Floh hat ihm womöglich geholfen. Dieser Hund wird ja wohl ebenfalls ins Studierzimmer des freundlichen Herrn Püstel aufgebrochen sein, nicht wahr?«

Professor Max hat recht. Ludwig könnte Dodo als Transportmittel benutzt haben. Moritz hat die Streichholzschachtel auf der Schultreppe verloren, wie wir von Andi wissen.

Ludwig war bestimmt verzweifelt. Er hat gewusst, dass er die Aktentasche von der Treppe aus nie und nimmer erreichen würde. Und plötzlich – ich sehe es vor mir – eilt Dodo herbei. Freundlich und neugierig wie immer. Dodo wittert was und senkt den Kopf mit dieser riesigen, feuchten Nase.

Ludwig hat zunächst vielleicht Angst gehabt. Aber er kennt Dodo ja. Und Dodo kennt ihn. Wie oft haben wir Dodo schon gestreichelt und ihm heimlich Leckerlis gegeben. Dodo weiß, dass Ludwig nett ist. Deshalb wird er ihm nichts tun. Ja, und deshalb hat Ludwig vielleicht eine Idee, als die Nase näher und näher kommt.

Er greift mit seinen winzigen Händen zu und –

ZACK – hängt er an einem der langen Haare, die sogar auf Dodos Schnauze wachsen. **ZACK – ZACK – ZACK**, hangelt Ludwig sich hoch ins Fell, bis oben auf Dodos Kopf hinauf. Von dort hat er den besten Überblick. Der winzige Ludwig reitet den riesigen Terrier.

WENN es so gewesen ist, dann ist das NOCH mutiger, als auf einer verrückten Ssuzi durch die Luft zu sausen. Und sollte Ludwig auf diese Weise in die Wohnung von Püstel gelangt sein, ist es vielleicht eine gute Idee, wenn ich denselben Weg nehme.

Vielleicht treffe ich in Dodos Fell einen der Flöhe, von denen Max vorhin sprach. Wenn es Flöhe in Dodos Fell gibt, dann wissen die ganz sicher, ob sich da neulich ein Unbekannter in ihrem Revier aufgehalten hat. Ja, ich werde den Ritt auf Dodo wagen. Aber vorher muss ich Lilly, Basti und Matz informieren.

Schon klingelt es. Püstel schlägt sein Buch zu, packt es ein und verabschiedet sich mit düsteren Worten. »*Video nigrum*, meine Lieben. Ich sehe schwarz. Also, *CARPE DIEM*. Das heißt: Nutze den Tag – und es gilt für jeden von euch. Übt für die Klassenarbeit. Sonst wird das nichts.«

Weg ist er. Lilly saust sofort rüber zum Insektarium, um mit mir zu sprechen. Und während wir Mikro-

Walkie-Talkie-Kontakt aufnehmen, macht sie Riesenaugen, weil sie die Streichholzschachtel sieht.

Während sie so tut, als würde sie Müll aus dem Aquarium entfernen, erzähle ich ihr im Düsentempo vom großen Krabbeln, von unserer Vermutung, was mit Ludwig geschehen ist, und von Dodo.

»Bist du verrückt? Du willst auf dem Hund reiten?«, meint sie entsetzt.

»Ja, klar«, sage ich. »Was würdest du denn tun an meiner Stelle? Es geht um Ludwig!«

Sie schließt die Augen und denkt nach. Dann nickt sie. Ihr Gesicht ist weiß geworden. Weiß wie Dodos Fell.

»Okay«, sagt sie, »ich helfe dir. Andi und du, ihr reist mit dem Hund. Basti, Matz und ich fahren mit dem Fahrrad zu Püstel und beziehen dort Stellung. Ab mit dir in die Schachtel.«

Schachtel? Ach so, ich verstehe. Schnell klettere ich über den Rand der Streichholzschachtel. Andi folgt mir.

»Was auch immer du vorhast, du Verrü-**krrrr**-ter«, knurrt er. »Ich **krrrrr**-komme mit.«

Danke, Andi. Ohne deine Hilfe bliebe Ludwig für immer verschollen im Universum der allerkleinsten Dinge. Aber zusammen können wir ihn retten.

Kapitel 12

Gestatten: Justus

Vorsichtig nimmt Lilly die Schachtel hoch, stellt sie auf ihre Handfläche. »Hoffentlich finde ich Dodo, bevor Herr Zeckmann auftaucht«, flucht sie und eilt los. Auweia: Zeckmann, unser Geschichtslehrer. Der Mann ist die reinste Pest. Wer bei ihm unpünktlich ist, kann gleich einpacken.

Lilly schnappt sich mit der freien Hand das Klassenbuch, saust zum Sekretariat,

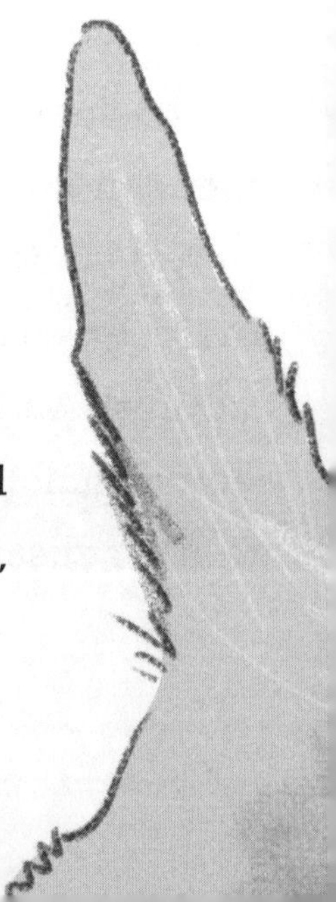

meldet sich bei Frau Lümmel und wird auch prompt zur Direktorin vorgelassen. Klassensprecherinnen haben es bei so was VIEL einfacher als *normale* Schüler.

Kaum ist sie in Bissl-Brettigs Büro, eilt Dodo mit wedelndem Schwanz auf sie zu. Er hopst aus einem Körbchen neben dem Schreibtisch. Tja, unsere Bissl-Brettig könnte eine prima Direktorin sein, seit sie mit Herrn Püstel liiert ist. Allerdings in einer Hundeschule.

»Lilly? Ähem … Hast du nicht Unterricht?«, fragt sie verwirrt.

Lilly antwortet, aber darauf kann ich mich jetzt nicht konzentrieren. Sie bückt sich, streichelt Dodo, und Andi und ich springen von ihrer Hand aus auf Dodos Kopf.

Da sich Dodo wie verrückt freut, wenn er gestreichelt wird, ist der Absprung mit gewissen Risiken verbunden.

HIMMEL, nicht so zappeln, du nervöser Wackelterrier!

»Festhalten, Andi! Andi? Wo bist du?«, rufe ich.

Das ist ja wie im DSCHUNGEL hier. Ein Dschungel mit unendlich vielen weißen Riesenhaaren. Lilly spricht noch immer mit der Direktorin, erzählt ihr was vom Klassenbuch, das sie ihr bringen sollte. Was natürlich nicht stimmt. Und Dodo jault und kläfft und hopst auf und ab.

»Andi?!«, rufe ich verzweifelt.

Ganz in meiner Nähe knarrt was. Uaaaah! Ich falle auf den Po, dann schnelle ich hoch wie ein Gummiball und hänge plötzlich mit Nase nach unten und zappelnd in der Luft. Dodo springt zurück in sein Körbchen, und wenn ich springen sage, dann meine ich SPRINGEN. Ich rudere mit den Armen, kreische: »Andi, festhalten!«, und schaffe es gerade noch, eines der vielen Haare neben mir zu umfassen. Sonst hätte ich die Oberfläche dieses Hundeplaneten verlassen wie eine ins Weltall startende Rakete. Wieder knarrt es neben mir.

Puh, ich habe Halt gefunden. Bloß nicht loslassen, Ben. Und jetzt, liebe Frau Direktorin, füttern Sie Dodo bitte mit einem Beruhigungsmittel.

Ich lege auch noch meine Beine um das Haar und schwöre mir, diesen Platz nie wieder zu verlassen. Hoffentlich leiden West Highland High Terrier seltener unter Haarausfall als zum Beispiel mein Opa. Sollte Dodo eine Hundeglatze bekommen, dann …

»**Krrrrrk – krrrrr … krrrrr!**«

Äh, da ist wieder dieses Knarren. Ich schaue mich um. »Andi? ANDI!«

Ja, ich sehe ihn. Ganz in der Nähe. Er hängt an einem Nachbarhaar. Für eine Ameise ist diese Position vermutlich EXTREM entwürdigend. Andi kann nicht sprechen, weil er sich mithilfe seiner Kauzangen festklammert. Sich zugleich festhalten UND sprechen können noch nicht einmal allerklügste Ameisen vom Rang eines Ausbildungsleiters der *Abteilungen Sicherung und Alarm Nestbau Wurmkasten Igelheim*.

Mühsam gelingt es Andi, auch seine sechs Beine um den dicken Haarstamm zu legen. So entlastet er die Mundwerkzeuge. Kurz darauf ist er wieder bereit und in der Lage, Flüche auszustoßen.

»Was für ein **krrrrrr**-katastrophaler **Krrrrrr**-Krawall«, knurrt er. »Eine Ameise hat in einem Wuffspieß-Wald NICHTS zu suchen – **krrrrrrk**!«

Na ja, stimmt wohl. Auch ein Ben sollte solche Orte meiden. Dodo tollt noch immer herum. Doch irgendwann beruhigt er sich und legt sich wieder in sein Körbchen. Andi und ich halten uns weiterhin fest, obwohl mir Arme und Beine wehtun. Man weiß ja nie, was Dodo so alles einfällt. Und dann hören wir plötzlich eine Stimme mit seltsamem Dialekt.

»Ja, servus! Des nenn ich eine Überraschung!«, überrascht mich eine Stimme. »Noch so ein lustiger Kurzbeinfloh. Und ... na, da wird ja des Hundi in der Pfanne verrückt: Is des eine AMEISE? Sakra, habt's ihr euch versprungen?«

BITTE? Wer spricht denn da?

Mein Kopf dreht sich schneller als ein Sportwagenrad bei Tempo zweihundertsechzig.

»Gestatten, ich bin der Justus!«, tönt es plötzlich, und mein Schreck ist RIESENGROSS, denn Justus hockt unversehens neben meinem Festhaltehaar und spricht mir direkt ins Ohr. Justus ist ... ein Floh. Ein Hundefloh.

»Liebt ihr die Gegend auch so wie ich? Ach, mein

Hundi ist so ein schöner weißer Berg. Es geht doch nix über weiße Berge. Mein Großvater, der lebte sogar im hohen Sankt Bernhardiner-Gebirge.«

Justus macht mich sprachlos. Er schaut Andi und mich fröhlich an. Andi knarrt leise vor sich hin. Mit weißen Bergen kann er ganz und gar nichts anfangen. Justus hat sehr kräftige Beine. Ich erinnere mich daran, dass Flöhe Meisterspringer sind. Und Justus interessiert sich auch für meine Beine. Sie scheinen ihm allerdings viel zu mickrig zu sein.

»Achje«, stöhnt er. »Da hilft wohl nur konsequentes Bergtraining. Ich hab's dem freundlichen Floh, den ich hier neulich traf, auch schon gesagt. Ihr müsst mehr trainieren. Aufi geht's!«

Aufi geht's? Was soll das denn heißen? Und wen, bitte, meint er mit …

Na klar, ich verstehe. Mein Herz macht einen Freudenhüpfer – und zwar einen mit durchtrainierten Flohbeinen.

»Sag mal, Justus, der freundliche Floh, von dem du grad sprachst, sah der so aus wie ich?«

»Ja, so ungefähr. Groß, aber ein bisserl schwach in den Beinen«, erwidert der Floh.

Ohne Zweifel. Justus meint Ludwig. Ludwig war hier, in Dodos Fell. Mit einem Mal rumpelt und wackelt es wieder, als wollte die Welt untergehen.

Andi ist alarmiert und ruft:. »Kannst du diesen Floh fragen, ob es auf seinem weißen – **krrrrrk** – Berg immer so turbulent zugeht?«

Ich habe keine Ahnung, was das Schaukeln bedeutet. Dodos Wuffspieß-Wald ist einfach zu dicht. Aus dem Fell hinauszugucken, ist kaum möglich.

Justus aber antwortet: »Ah, des is nix Dramatisches. Rumpeln tut es immer um diese Zeit. Dauert nie lang.«

Immer um diese Zeit? Hmmm. Ich glaube, ich weiß, was Justus uns sagen will: Die Erschütterungen bedeuten, dass Dodo mit seinem Herrchen nach Hause aufbricht. Die Schule ist vorbei.

So ist es auch. Püstel fährt Fahrrad, Dodo rennt hechelnd nebenher. Herr Püstel wohnt mitten in Odenberg, am Marktplatz, gar nicht weit entfernt von der Sparkasse. Mit dem Fahrrad dürfte sein Haus in knapp zehn Minuten zu erreichen sein. Also, festhalten, Ben. Das Geschaukel ist bald überstanden.

Unterwegs spricht Püstel immer mal wieder laut mit Dodo. Ich höre das **Quietsch-Quietsch-Quietsch** einer schlecht geölten Fahrradkette und dazwischen so Sprüche wie: »Dodo, nicht weglaufen!« – »Bleib schön hier, Dodo!« – »Dodo, nicht an dem Hundehaufen riechen!«

Die beiden müssen ein lustiges Bild abgeben. Einmal schimpft Püstel: »Himmel, diese Wespe. Man könnte meinen, sie folgt uns. Werden auch immer hartnäckiger, die Insekten!«

Ob das Ssuzi ist? Na klar, Ssuzi folgt uns, und irgendwo hinter Püstel werden auch die drei Fahrräder von Lilly, Basti und Matz Richtung Odenberg sausen. Vielleicht fahren sie uns sogar voraus. Ich könnte mich jetzt ECHT freuen, wäre da nicht dieses Schaukeln, das auf den Magen geht.

Während Andi und ich fast seekrank werden, überlege ich, was genau passiert sein könnte gestern.

Ludwig ist auf Dodo zu Püstel gereist, nach der Schule. Püstel und Dodo kommen zu Hause an. Dodo ist müde und legt sich in sein Körbchen. Das macht er jeden Tag nach dem langen Lauf. Da ist Ludwig runter von ihm.

Ja, so könnte es gewesen sein. Ludwig hält sich nun in Püstels Wohnung auf. Dort wartet er darauf, dass

nachmittags um vier die Bissl-Brettig erscheint. Und dann … In diesem Moment höre ich ein Geräusch, das wie ein fieses Knirschen klingt.

»Was ist das – **krrrrrrk**?«, knurrt Andi, der die ganze Zeit über geschwiegen hat. »Ist das etwa eine Lawine, die sich löst?«

Eine Lawine? Nein, das …

Ich begreife. »Das ist der quietschende Türschlüssel von Herrn Püstel. Wir sind angekommen.«

»Und was bitte ist ein **krrrrr-**quietschender Türschlüssel?« Andis Stimme klingt besorgt.

»Eine prima Sache ist das«, rufe ich, um ihn zu beruhigen. »Es bedeutet nämlich, wir können das weiße Gebirge bald verlassen!«

»Zum Glück«, knarrt Andi. »Für mich hat dieses Gebirge bisher entschieden zu wenig ge-**krrrrrr-**quietscht.«

Ich muss lachen. Gleichzeitig frage ich mich aber, ob Lilly, Basti und Matz bereits hier sind. Von Dodos Kopf aus konnte ich nichts sehen.

Werden sie vor Püstels Haus Stellung beziehen?

Es ist aber auch zu dumm, dass mein Mikro-Walkie-Talkie noch immer nicht in der Lage ist, eine

Entfernung von mehr als einem Meter zu überbrücken.

Wie kann ich mit Lilly in Kontakt treten, wenn es notwendig wird? Wie können meine Freunde uns bei der Suche nach Ludwig helfen? Und wo steckt Ssuzi? Ich höre ihr Summen nicht mehr. Ist sie uns doch nicht gefolgt?

Kapitel 13
Freude ist besser als Sahnetorte

Kaum ist Dodo in Püstels Wohnung angekommen, legt er sich tatsächlich brav in sein Körbchen. Das steht im Hausflur neben der Tür zum Wohnzimmer. Jetzt, wo sich Dodo kaum noch bewegt, ist DIE Gelegenheit, an einem Kopfhaar seines Fells hinaufzuklettern, um einen Blick nach draußen zu werfen.

Püstel stellt sein Fahrrad in den Flur, gleich hinter die Haustür. Dann zieht er seinen für den Sommer viel zu dicken Mantel aus und setzt den altmodischen Hut ab, den er unterwegs immer trägt. Aber ich bin ja nicht hergekommen, um Püstelchen zu beobachten. Wir müssen Ludwig finden. Also schnell raus aus diesem Wuffspieß-Wald.

Als wir uns von Justus verabschieden wollen, frage ich mich, weshalb auf Dodo überhaupt ein Floh lebt. Andere Flöhe als Justus sind Andi und mir hier nämlich nicht aufgefallen. Und das hat einen Grund: Herr Püstel ist ein überaus ordentlicher Mensch. Er kümmert sich sehr um seinen Dodo und geht alle paar Tage mit ihm zum Hundesalon.

Für Flöhe ist das ziemlich gefährlich. Justus erklärt uns, dass er Dodo immer dann verlässt, wenn Herr Püstel meint, es sei mal wieder Zeit für Schampoo, Fell-Trimmung und Parfüm. Zum Beispiel heute. Wir hören grad, wie Püstel Dodo davon erzählt. Vermutlich hat es mit Frau Bissl-Brettig und der romantischen Teestunde zu tun.

Wenn unsere Direktorin am Nachmittag kommt, soll Dodo wohl nach Vanillegebäck und Jasmintee duften. Puuuh.

Dodo jault. Er scheint wenig begeistert von Herr Püstels Absicht. Ich jedoch freue mich, denn Hundesalon bedeutet, dass Justus bei uns bleibt.

Mit einem Riesensatz verlässt er Dodos Fell. Wahnsinn, wie hoch er springen kann. Für mich sind das über hundert Meter. Und genauso weit landet er vor uns. Da können Andi und ich nicht mithalten.

Hop! Hop! Hop! Wir verlassen Dodos Körbchen und brechen auf ins Unbekannte. Solange sich Herr Püstel noch in der Wohnung aufhält, müssen wir sehr vorsichtig sein. Die Tritte von Schuhgeheuern sind ja auch für mich mehr als bedrohlich. Entweder ich gerate ins Profil und habe Glück, oder ich bin platt wie eine sehr kleine Briefmarke.

Erst als Püstel mit Dodo das Haus verlassen hat, legen wir mit der Ludwig-Suche so richtig los.

Dabei ist uns Justus eine große Hilfe. Mit jedem Sprung sammelt er Informationen, weil er aus der Höhe einen prima Überblick hat.

Nach etwa fünfundzwanzig Justus-Sprüngen wissen Andi und ich, dass Püstels Wohnung nur über ein kleines Schlafzimmer verfügt, in dem kaum mehr als ein Bett steht. Dann ist da eine kleine, ziemlich dunkle Küche mit Kaffeemaschine, Teekocher und Kühlschrank. Das zweitgrößte Zimmer ist ein Arbeitszimmer mit Schreibtisch und Bücherwänden.

Bücher, Unmengen von Büchern, gibt es auch im größten Zimmer, dem Wohnzimmer. Dort sehen wir einen langen Esstisch mit Stühlen drum herum. Sämtliche Wände sind verdeckt von Regalen und Buchrücken. Wie kann man nur? Selbst die zwei großen Fenster, durch die man einen guten Blick zum Marktplatz hinaus hat, werden als Buchplätze genutzt. Zwischen die Blumentöpfe mit halb vertrockneten Pflanzen hat unser lieber Lateinlehrer immer mal wieder einen Stapel mit alten Schmökern geschoben. Mannomann.

Doktor Püstel ist ein richtiger Besserwisserlehrer. Auf dem Schreibtisch seines Arbeitszimmers gibt es zwar einen Computer, das Modell stammt allerdings aus dem letzten Jahrhundert und wird vermutlich noch mit Dampf betrieben. Püstel hat sich all sein Wissen aus Büchern zusammengelesen. Die steil aufragenden Buchrückenflächen hier im Wohnzimmer erinnern mich an Bergwände, aus denen sich jederzeit Lawinen lösen könnten. Buchlawinen. Wir stehen genau da, wohin die Bücher rasseln würden, wenn sie ins Rutschen geraten. Nicht gerade eine schöne Vorstellung.

»Interessant«, knarrt Andi. »Immer wenn ich das

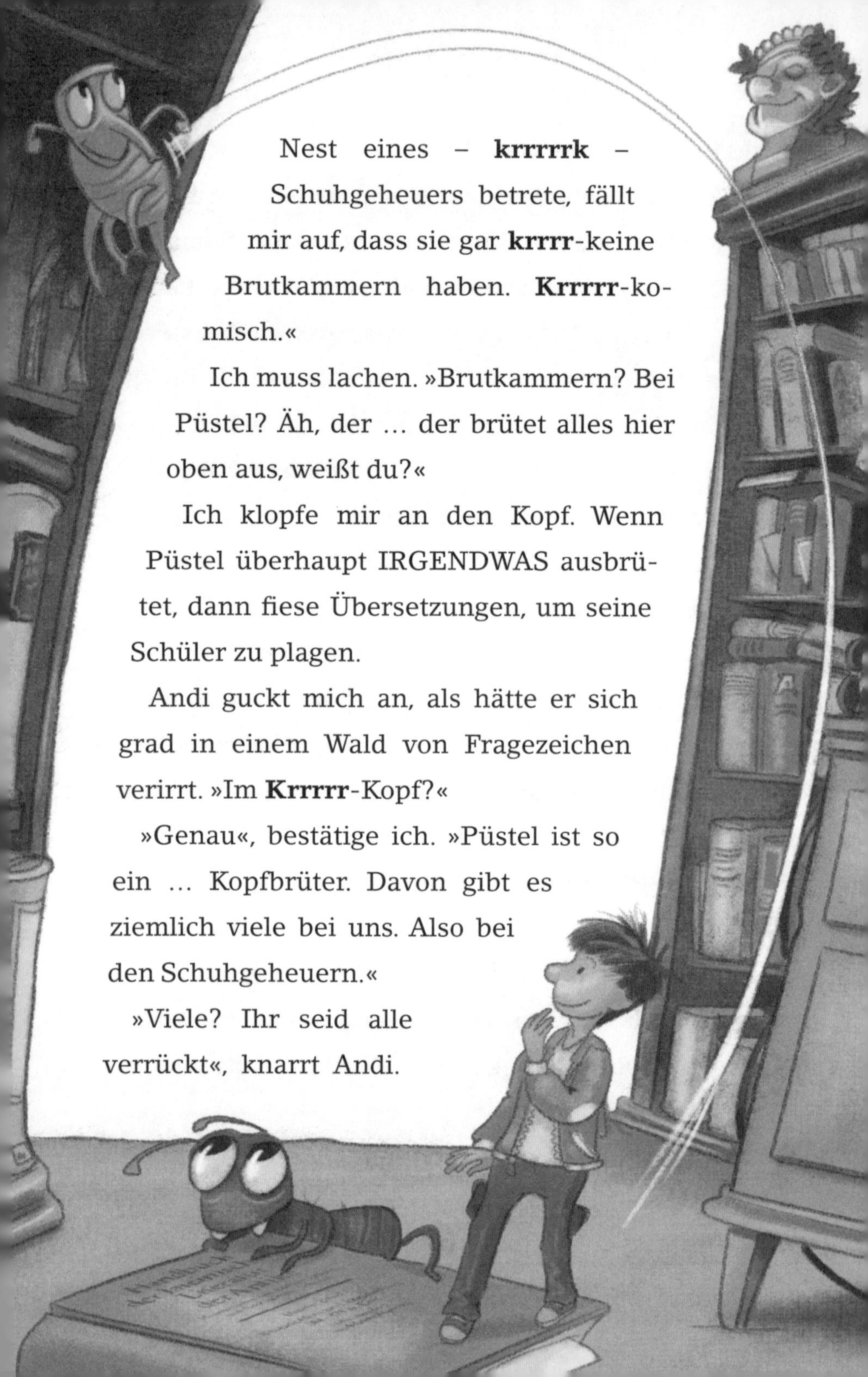

Nest eines – **krrrrrk** – Schuhgeheuers betrete, fällt mir auf, dass sie gar **krrrr**-keine Brutkammern haben. **Krrrrr**-komisch.«

Ich muss lachen. »Brutkammern? Bei Püstel? Äh, der … der brütet alles hier oben aus, weißt du?«

Ich klopfe mir an den Kopf. Wenn Püstel überhaupt IRGENDWAS ausbrütet, dann fiese Übersetzungen, um seine Schüler zu plagen.

Andi guckt mich an, als hätte er sich grad in einem Wald von Fragezeichen verirrt. »Im **Krrrrr**-Kopf?«

»Genau«, bestätige ich. »Püstel ist so ein … Kopfbrüter. Davon gibt es ziemlich viele bei uns. Also bei den Schuhgeheuern.«

»Viele? Ihr seid alle verrückt«, knarrt Andi.

»Ich weiß nicht, ob es gut ist für den Nachwuchs, wenn sie von **Krrrrrr**-Kopfbrütern versorgt werden.«

Wieder muss ich lachen. »Das ist ganz bestimmt NICHT gut«, sage ich. »Kopfbrüter wie Püstel sind ein echtes Problem für den Nachwuchs der Schuhgeheuer. Und deshalb ist ein geschrumpftes Schuhgeheuer wie ich immer dankbar für die Hilfe einer klugen Ameise.«

Andi lacht. Er hat den Scherz verstanden.

Doch wie wichtig Andis Hilfe ist, stelle ich schon fünf Minuten später fest. Ausgerechnet weil es ums Essen geht.

Justus hat grade seinen sechsundzwanzigsten Supersprung hingelegt, da ruft er: »Hallole. Ich hab da was Interessantes gefunden. Ihr Ameisen seid doch immer so hungrig. Hier gibt es einen gigantischen Berg. Mit einer Spitze aus Zuckerzeug!«

»Zu-**ckrrrrk**-er!«, knarrt Andi. Ach du je. Wenn's um Süßes geht, setzt auch der Verstand der klügsten Ameise aus.

Er ist nicht zu bremsen und hält nach dem Berg Ausschau. Schon wenige Minuten später hat er ihn entdeckt. Andis Ziel ist das Bein des Wohnzimmertischs. Dieser Tisch nämlich ist der Berggigant, von dem Justus

sprach. Ich laufe Andi nach. Zum Glück liegt in Püstels Wohnung überall Parkettfußboden, glattes Holz, und Andi und ich müssen uns nicht durch die dicken Wollfäden eines Teppichs quälen.

Justus hat es da noch viel einfacher. Er hüpft mit Anlauf über den nächsten Stuhl auf den Tisch, während Andi und ich das Tischbein hinaufkraxeln. Es ist mühsam, und Andi erreicht das Ziel lange vor mir. Als ich schwitzend am Rand des Hochplateaus namens *Tischplatte* stehe, sehe ich grade noch, wie Andi den Fuß einer gigantischen Tortenplatte hinaufläuft.

Hier oben stehen schon die Sachen für Püstels süßes Teestündchen mit der Bissl-Brettig: Tassen und Teller aus weißem Porzellan, Teelöffel, Kuchengabeln – und mittendrin eine gigantische, wolkenkratzerhohe Sahnetorte. Das ist die Bergspitze aus Zuckerzeug, die Justus meinte. Eine Torte, von der sämtliche Ameisenvölker Odenbergs mindestens ein Jahr lang naschen könnten. Kein Wunder, dass Andi grad den Verstand verliert.

Ich sehe aber auch, dass es gleich ein Problem geben wird. Was Justus bei seinen Erkundungssprüngen nicht aufgefallen ist, blitzt mir nun ins Auge, denn das Licht

aus den großen Wohnzimmerfenstern scheint sehr hell in die Wohnung hinein.

Die Torte steht abgedeckt unter einer Glashaube.

Na klar, denke ich. Püstel wäre ja schön blöd. Ohne Haube zieht die Sahnetorte sofort Fliegen an. Schillernde Fliegen auf einer Torte findet die Bissl-Brettig bestimmt ultrashocking.

Und kaum habe ich das gedacht, höre ich Andi fluchen: »Verflixt – **krrrk!** Ein Schutzschild. **Krrrrrk! Krrrrrk!** Attacke! **Krrrrk** – es muss doch möglich sein, ihn zu durchdringen – **krrrrrk!**«

Donnerknispel, wenn Andi bis runter zum Fuß der Tortenplatte zu hören ist, dann ist er sauer wie eine zeternde Zitrone. Die Haube über der Riesentorte muss eine herbe Enttäuschung für ihn sein. Aber auch mit sägezahnscharfen Kauzangen wird er nicht in der Lage sein, eine Öffnung ins Glas zu beißen.

Und dann geschieht etwas Merkwürdiges. Von einer Sekunde auf die andere verstummt Andi. Kein Knarren, kein Zetern, kein Fluchen mehr.

»Andi? Alles klar da oben?«, rufe ich.

Keine Antwort.

»Andi? Geht es dir gut?«

Er wird doch wohl nicht aus Wut mit dem Kopf gegen die Glashaube gebollert sein und jetzt unter einem persönlichen Sternenhimmel liegen?

Plötzlich meldet er sich: »Ben? **Krrrrr**-komm schnell hoch. Ich glaube, ich habe hier etwas sehr Interessantes gefunden!«

Weil nun auch Justus zu hören ist, und zwar JODELND vor Freude, eile ich den Fuß des Tortentellers hinauf, und kaum bin ich oben, ist auch meine Freude grenzenlos. Aber leider auch sprachlos.

Kapitel 14

Das ist echt allererste Sahne!

Ludwig. Ja, zweifellos, da steht Ludwig. Mein Freund Ludwig der Vierzehnte. Jetzt allerdings heißt er wohl *Ludwig der Winzige*. Er spricht. Er schimpft. Er ruft. Er winkt und springt auf und ab, als hätte er bei Justus Übungsstunden in Flohakrobatik genommen.

Allerdings verstehe ich kein einziges Wort von dem, was er mir sagen will. Er ist unter der Tortenhaube gefangen.

»Hattest du Hunger oder was?«, rufe ich und erkenne im selben Moment, dass er mich ja ebenfalls nicht versteht. Das Glas der Haube ist viel zu dick. Da dringt nichts durch.

Himmel und Hosenriss, wie gern würde ich ihn umarmen. Er lebt, und es geht ihm gut. Er befindet sich zurzeit sogar in einem Sahneparadies. Doch das ist zugleich auch sein Gefängnis.

Justus klopft aufgeregt ans Glas. Auch er weiß keinen Geheimweg hinein zur Sahnetorte. Andi hatte recht: Diese Haube ist so undurchdringlich wie ein Raumschiff-Schutzschild.

Erst wenn Püstel die Haube anhebt, kann Ludwig sich befreien. Dann aber wird die Bissl-Brettig schon am Tisch sitzen und die Torte bewundern. Sie oder

Püstel werden Ludwig entdecken, und was dann los ist, das möchte ich mir gar nicht ausmalen. Wir müssen Ludwig aus der Tortenhaft befreien, bevor die Teestunde beginnt.

Andi ist erschöpft. Das Knarren seiner Kauzangen klingt deprimiert. »So ein Ärger – **krrrrrrk**. Einen größeren Berg Zucker hat eine Ameise noch nie gefunden. Ich hätte berühmt werden **krrrrrr**-können. Aber dieser Schutzschild ist ein übermächtiger – **krrrrrrk** – Gegner.«

»Und wenn du deine Ameisenfreunde herbeirufst?«, schlage ich vor. »Das große Krabbeln. Wenn ihr alle zusammen die Glashaube … also, ich meine, diesen Schutzschild anhebt?«

Andi ist skeptisch. »Das nächste Nest liegt – **krrrrk** – sehr weit entfernt. Es würde zu lange dauern, bis sich meine **Krrrr**-Kollegen hier versammelt haben.«

Stimmt. Daran habe ich nicht gedacht. Uns fehlt die Zeit. Ludwig beobachtet unsere Diskussion ratlos. Er kann uns ja nicht hören. Wie lange steckt er wohl schon unter dieser Haube? Na, Hunger wird er sicher nicht haben.

Plötzlich reißt er die Augen schreckweit auf und fuchtelt mit den Armen. Er schaut nach oben, ruft irgendwas. Ich setze mein deutlichstes Fragezeichengesicht auf, denn ich verstehe nicht, was er hat. Herrscht jetzt Monsteralarm? Das Glas lässt nichts durch.

»Kannst du BITTE deutlicher werden?«, brülle ich. Da hebt er den Finger, als hätte er mich verstanden, zeigt zum Himmel – also zur Zimmerdecke. Und dann höre ich Lärm.

ZSSSSSSSSSSSSSS!

WUSCH – drehe ich mich um, und erkenne Ssuzi. Sie muss irgendwie ins Haus gelangt sein. Nun braust sie mit voller Geschwindigkeit auf uns zu, stürzt von der Zimmerdecke herab, wie ein todesmutiger Flieger.

»SSUZI! STOPP!«, kreische ich.

Ludwig scheint zu denken, dass wir von einer riesigen Killerwespe angegriffen werden. Doch ich weiß ja, dass Süßigkeiten vom Ausmaß einer gigantischen Sahnetorte geradezu magnetisch auf Ssuzi wirken.

»DU MUSST HOCHZIEHEN! SOFORT HOCHZIEHEN!« Meine Stimme überschlägt sich.

Ssuzi hört nicht. Sie ruft nur: »SSSÜÜÜSSSE SSSAHNE! SSSUUUPER!« – und will sich mit Karacho und Kopf voraus in die Torte werfen, wie in das süßeste Schwimmbad aller Zeiten. Leider aber …

PONNNNNNG!

… semmelt sie mit voller Geschwindigkeit gegen die Tortenhaube. Och Manno. Ssuzi ist so lieb – aber leider auch so ein Dussel.

PADDONG!

Ludwig steht kurz vor einer Ohnmacht, als die benommene Wespe neben uns auf den Tisch plumpst. Totaler Knockout.

»Ssuzi, lebst du noch? Sag doch was! Hallo? Ssuzi?«

Andi und ich stürzen auf sie zu. Sie liegt da, zappelt mit Beinen und Fühlern, halb bewusstlos.

Justus hält sich ein wenig abseits. Er weiß ja nicht, dass Ssuzi vollkommen harmlos, nur leider völlig zuckerverrückt ist. Ludwig tritt nun näher ans Glas und beobachtet uns fassungslos.

»Auaaa, mein Kopf«, summt Ssuzi. »Wasss war dasss?«

Ich muss grinsen. »Das war ein Frontalzusammenstoß.«

»Typisch«, knurrt Andi, »immer mit dem **Krrrrr**-Kopf durch die Wand, ohne Verstand – **krrrrrk**.«

»Das Glas konnte Ssuzi doch nicht sehen, Andi«, verteidige ich sie.

Ssuzi wird rot. »Warum hat die Torte mich gebisssen?«, fragt sie. »Auaaa.«

»Gebissen? Die hat dich nicht gebissen. Du bist volle Lotte gegen eine Glashaube geflogen. Glas, verstehst du? Wie gegen ein Fenster. Mit dem Kopf.«

»Fenssster?«, säuselt sie.

Du meine Güte, Ssuzis Gehirn braucht einen Neustart. Sie guckt verwirrt wie ein Kaninchen auf dem Trampolin und lässt den Blick langsam zum Wohnzimmerfenster wandern.

»Fenssster? Kopf?«, wiederholt sie.

»Schwerer Fall von Sensoren-Ver-**krrrrr**-ümmung«, raunt Andi. »Sie hat sich bei der Karambolage die Fühler verstaucht. Das ist nie gut – **krrrrk**.«

Das glaube ich sofort. Aber Ssuzis Blick macht mich stutzig. Eben noch wirkten ihre Augen benommen. Jetzt guckt sie fast glücklich und murmelt ein Wort, das wie *Leckerlilly* klingt. Ich schrecke auf, folge ihrem Blick und erschrecke gleich ein zweites Mal.

»Lilly. Da drüben am Fenster. Das ist Lilly!«, entfährt es mir.

Meine Schwester hat sich halb hinter einem Gebüsch vor Püstels Haus versteckt. Sie linst angestrengt ins Wohnzimmer. Womöglich hält sie nach Anzeichen Ausschau, die ihr verraten, dass Andi, Ssuzi und ich sicher hier angekommen sind. Ob sie die Torte erkennen kann? Der Tisch steht weit vom Fenster entfernt, und es ist vielleicht nicht hell genug hier drinnen.

»Leckerlilly«, wiederholt Ssuzi. Langsam kommt sie auf die Beine, richtet die angeknickten Fühler und die Flügel.

»Lilly ... und ... und meine Freunde sind da«, stammle ich begeistert. »Basti und Matz. Dort draußen. Vielleicht kann uns Lilly helfen, die Haube zu heben? Wir müssen ...« Meine Gedanken rasen. Ich muss schnellstens Kontakt mit Lilly aufnehmen. Sie kann jederzeit wieder verschwinden, denn sie wird uns nicht sehen. Ich muss mir was einfallen lassen.

»Ssuzi, kannst du fliegen?« Hastig drehe ich mich zu ihr um.

»**Zssssss** ...«, macht sie schwach.

Nein, sie ist noch viel zu benommen. Und ich selbst brauche mehrere Minuten bis zum Fenster. So lange wird Lilly dort nicht ausharren. Verflixt.

Plötzlich nähert sich Justus. Er hat seine Scheu vor der riesigen Ssuzi verloren, weil er neugierig ist.

JUSTUS!

In meinen Gedanken zündet eine Leuchtrakete. Ja: Das ist DIE Idee. Justus kann es schaffen. Er ist SCHNELL. Mit wenigen Worten erkläre ich ihm, was er tun muss. Er versteht nicht alles, ist aber stolz wie Bolle, dass ich ihn brauche.

Dann ziehe ich das Mikro-Walkie-Talkie aus meiner Hosentasche, spreche eine Nachricht drauf und stelle die Funktion ABSPIELEN auf Dauerschleife.

Ich befestige das Gerät mithilfe meines Hosengurts an Justus' Flohkörper und rufe: »START, Justus. Auf zum Fenster!«

POING! POING! POING! – hüpft er los, mitten durchs Wohnzimmer. In Gedanken höre ich Applaus von den Rängen eines gigantischen Stadions, als würden sämtliche Bücher im Zimmer Beifall spenden. Ich würde ebenfalls gern klatschen, muss mir aber leider die Hose festhalten, weil mir ja der Gürtel fehlt.

Justus bricht sämtliche Flohzirkusrekorde und hopst nach nur wenigen Sekunden auf die Fensterbank. Gerade noch rechtzeitig, denn Lilly wendet bereits ihr Gesicht ab. Sie will vermutlich zurück zu dem Versteck, in dem Basti und Matz auf sie warten.

Jetzt hält sie inne. Ihre Augen weiten sich. Na klar, denn in diesem Moment hört sie aus ihrem eigenen Walkie-Talkie folgende Nachricht, die das an Justus befestigte Gerät in Dauerschleife abspielt: »Hey, Lilly, ich bin's, Ben. Wir befinden uns auf Püstels Wohnzimmertisch auf der großen Sahnetorte. Ludwig ist bei uns. Es geht ihm gut. Leider steckt er unter der Glashaube. Wir müssen sie anheben, um ihn zu befreien. Püstel und Dodo sind zum Hundesalon aufgebrochen und kommen bald zurück. Bitte bleib in der Nähe des Fensters für weitere Nachrichten. Wenn du dies gehört hast, gib uns ein Zeichen.«

Sie lacht. Und sie hebt den Daumen. YEAH! Die Nachricht hat sie erreicht. Justus kehrt zurück. Ich nehme ihm das Walkie-Talkie samt Gürtel wieder ab und bin froh, meine Hose nicht mehr festhalten zu müssen.

Und dann beweist uns Justus, dass auch sein Gehirn zu gewaltigen Gedankensprüngen in der Lage ist.

Kapitel 15

Was für ein Floh – klein aber oho!

»Ich hab da eine Idee«, sagt Justus. »Ihr wollt ja den netten Floh, den ihr Ludwig nennt, befreien. Und als ich so zum Fenster gehüpft bin, da ist mir eingefallen, wie das klappen könnte.«

»Jede Idee ist willkommen, Justus!«, rufe ich, und Andi und Ssuzi stimmen zu.

Ssuzi ist zum Glück wieder bei Kräften.

Die Idee, die Justus uns erläutert, ist allerdings nicht ganz ungefährlich – für Justus selbst und auch für Ludwig. Justus nimmt immerhin die Möglichkeit in Kauf,

vergiftet zu werden. Und Ludwig muss darauf hoffen, dass sein winziger Körper, genau wie meiner, stabil ist wie der eines chitingepanzerten Insekts. Er braucht ein bisschen Glück.

ICH hingegen brauche Lilly. Während sich Justus auf seine große Aufgabe vorbereitet, gehe ich zu Ssuzi. Sie kann wieder fliegen, und wir sausen gemeinsam zum Fenster, wo ich mit Lilly Walkie-Talkie-Kontakt aufnehme.

»Lilly, du musst uns einen Gefallen tun«, sage ich. »Es geht um die Glashaube auf der Torte. Justus hat einen Plan. Aber wir müssen uns beeilen.«

»Justus?«, fragt Lilly.

»Der Floh, mit dem du vor ein paar Minuten gesprochen hast«, kläre ich sie auf.

»Ach der, na klar!« Sie lacht. »Ich habe mich so erschrocken, weil mein Walkie-Talkie plötzlich mit deiner Stimme sprach. Gesehen habe ich dann aber nur einen hüpfenden Punkt zwischen den Blumen auf der Fensterbank. Ich hab zuerst gedacht, du hast eine neue Supereigenschaft an dir entdeckt: das Flohhüpfen.«

»Nein, das war nicht ich, das war Justus. Und der ist ein Super-Hundefloh. Basti, Matz und du, ihr müsst uns helfen. Wenn Püstel gleich mit Dodo aus dem Hundesalon zurückkommt, wartet bitte ab, bis ihr Ssuzi Richtung Fenster fliegen seht. Dann geht zur Haustür, klingelt und verwickelt Püstel in ein Gespräch. Wir brauchen hier drinnen ein bisschen Zeit – mit Dodo.«

»Mit Dodo?« Lilly versteht nicht gleich, und ich habe keine Zeit, viel zu erklären.

Aber dann sagt sie: »Okay, wir lassen uns was einfallen.«

Ssuzi und ich flitzen wieder zur Sahnetorte. Dort muss ich noch Ludwig informieren.

Dummerweise trägt er KEIN Mikro-Walkie-Talkie bei sich, und er kann mich ja nicht hören. Also werde ich es mit einer anderen Technik versuchen: Mit Morsezeichen.

Als zukünftiger Erfinder habe ich mir natürlich schon mal einen eigenen Morseapparat gebaut. Das sind diese Dinger, die lange und kurze Licht- oder Tonsignale aussenden. **Dit-Dit-Dit – Daaa – Daaa – Daaa – Dit – Dit – Dit** zum Beispiel. Kennt jeder. Es heißt SOS. Jeder Buchstabe des Alphabets hat ein eigenes Signal aus langen und kurzen Zeichen. Alle meine Freunde beherrschen das Morsealphabet, denn natürlich habe ich meinen Apparat mit ihnen schon mal ausprobiert.

Jetzt stelle ich mich also vor Ludwig auf die Außenseite der Tortenhaube, hebe meine Fäuste und hämmere mal schnell, mal langsam gegen das Glas. Nach nur wenigen Fausthammerschlägen begreift Ludwig, was ich da mache, denn ich beginne mit SOS. Er lacht.

Wie ein Irrer hämmere ich drauflos und weihe ihn ein. Und kaum bin ich fertig und sehe sein erfreutes und auch freudiges Nicken, lärmt es auch schon an der Haustür. Mein Blick fliegt hoch zur Wohnzimmeruhr. Es ist kurz nach halb vier. Püstel und Dodo sind zurück vom Hundesalon. In knapp dreißig Minuten wird die Bissl-Brettig aufkreuzen. Wenn es jemanden gibt, der auf das Wort PÜNKTLICH ein Patent hat, dann unsere Direktorin.

Andi, Ssuzi und ich machen, dass wir vom Tortenteller herunterkommen. Wir verschanzen uns am Rand des Tisches auf einem Stapel Bücher. Dort oben gibt es einen versteckten Winkel, von wo aus wir alles gut beobachten können. Justus hüpft los zu seinem Hundi.

Ich höre Herrn Püstel. »Jaaa, Dodo, ich mache dich ja schon los. Aber du legst dich brav ins Körbchen, hörst du?«

Ich warte einen Moment, bis ich mir sicher bin, dass

Püstel Dodo die Leine abgenommen hat. Dann gebe ich Ssuzi den Startbefehl: »Ab zum Fenster, Ssuzi. Und flieg nicht dagegen!«

»Esss war ein Versssehen, Ben«, mault sie beleidigt, hebt aber sofort ab, damit Lilly sie sehen kann.

Es funktioniert: Wenige Sekunden später klingelt es auch schon an der Tür.

Nein, es ist kein Klingeln, es ist ein Klingelsturm.

»Herrgott, was soll denn das? Ja, doch. Ich komme schon!« Die Stimme von Herrn Püstel – aus dem Hausflur.

Dodo, dein Einsatz, denke ich. Und als hätte Dodo mich gehört, setzt er sich augenblicklich in Bewegung.

HERRLICH. Ein weißer Fellblitz saust vom Flur kommend ins Wohnzimmer. Püstel scheint das nicht zu bemerken. Er spricht – wie mir die Stimmen verraten – mit Basti. Püstel wundert sich über irgendwas. MICH wundert das ganz und gar nicht. Vermutlich tischt Basti ihm grad eine total abgefahrene Geschichte auf, die erklären soll, weshalb er am Nachmittag bei seinem Lateinlehrer Sturm klingelt.

Und Dodo?

Der springt mit einem Riesensatz auf den Wohnzimmertisch und … mein Herz schaltet den Turbolader ein …

PONG! Ich bemerke, dass die Torte sich bewegt. Dodo hat mit der Schnauze die Tortenplatte angestoßen. Mit schreckweit geöffneten Augen sehe ich, wie sich die hohe Glashaube zur Seite senkt und …

»**Krrrrrrk**. Das wird die größte Süßigkeitenlawine aller Zeiten«, knarrt Andi.

PENG! KLA-DA-WATSCH!

Die Tortenhaube ist heil geblieben. Die Torte allerdings nicht. Der Teller liegt gekippt auf dem Tisch und neben dem Teller ragt ein unförmiges weißes Sahnegebirge auf. Auweia. Dass die ganze Torte umfällt, war nicht geplant. Dodo sollte die Haube mit der Schnauze etwas anheben, damit Ludwig drunter wegflitzen kann.

Püstel ist dank Basti so sehr abgelenkt, dass er von alldem nichts mitbekommt. Nun sitzt Dodo neben der Tortenruine, senkt den Kopf und blickt auf das Desaster, das er angerichtet hat.

Hat Ludwig den Crash überstanden? Mein Herz ist so tief in meine Hose gerutscht, dass ich das Gefühl habe, es hüpft wie ein nervöser Flummiball auf dem Tisch herum.

Ssuzi summt aufgeregt, und Andi rudert mit den Fühlern. »Wollte Justus nicht dafür sorgen, dass dieses weiße – krrrrk – Wuffspieß-Monstrum schnell wieder verschwindet?«

»Ja«, sage ich. »Aber nenn Dodo bitte nicht Monstrum. Er ist ein total lieber und süßer Hund.«

»Er ist total – **krrrrk** – groß, Ben«, entgegnet Andi.

»Ja, gut, stimmt. Aber …«

»Und wenn dieser total große – **krrrrk** – Hund an mir schnüffelt, dann verliere ich den Halt und stecke womöglich in seinem Nasenloch fest. So was ist nicht ungefährlich – **krrrrrrk**«, unterbricht mich Andi.

»Hast ja recht, Andi. Dodo muss runter von der Tischplatte. Was macht Justus nur?« Ich frage mich das, weil ich weiß, dass Dodo an dem, was er da angerichtet hat, vollkommen schuldlos ist.

Dodo hat nämlich in unserem Auftrag gehandelt. Justus hat uns erklärt, dass er einen gewissen Einfluss auf Dodos Verhalten hat. Ein kluger Floh kennt seinen Hund sehr gut und weiß sich mit ihm zu verständigen. Und so hat Justus ihm sozusagen den Floh ins Ohr gesetzt, auf den Tisch zu springen und vorsichtig die Haube von der Torte zu heben.

Leider funktionieren Zirkuskunststücke nie beim ersten Mal. Deshalb ist gleich die gesamte Torte umgestürzt. Und nun kann sich Dodo nicht mehr zurückhalten. Er schleckt an der Torte – die ihm so gut schmeckt, dass er vermutlich noch stundenlang dort hocken bleiben wird.

Himmel, wir müssen zu Ludwig. Und Dodo muss runter vom Tisch. Hoffentlich hat die Tortenmasse Ludwigs Sturz abgefedert. Nicht auszudenken, wenn sie ihn unter sich begraben hat.

In meiner Fantasie sehe ich Ludwig als Sahnelawinenopfer, bewusstlos, von weißer Creme bedeckt. Püstel und die Bissl-Brettig setzen sich zum Tee. Statt der Lawinenrettung bekommt Ludwig Hilfe in Gestalt einer Kuchengabel. Die Gabel nimmt das Stück Torte mit ihm drin auf und schwenkt zum Mund unserer Direktorin. Weil Ludwig so winzig ist, erkennt sie ihn nicht und verschluckt ihn …

Grauenhafte Vorstellung.

»Vielleicht müssen wir Justus unterstützen – **krrrrk**«, meint Andi in diesem Moment.

»Unterstützen?« Ich gucke ihn an.

»Ja. Ich **krrrr**-kann ihn sehen. Auf dem Kopf des –

krrrrk – Wuffspieß-Monstrums. Justus steckt in Schwierigkeiten.«

Wow, Andis Augen sind granaten-ober-hammer-super-gut. Jetzt sehe ich Justus ebenfalls. Er hält sich an einem der vielen Kopfhaare von Dodo fest und winkt. Es scheint ihm nicht besonders gut zu gehen.

Mir schwant Böses: Dodo ist frisch aus dem Hundesalon zurück und voller Duftstoffe und Gifte, die für Justus schädlich sind. Er ist geschwächt und kann Dodo nicht mehr steuern.

»Okay«, rufe ich, »dann helfen Ssuzi und ich nach. Ssuzi, bist du bereit für eine große Wespenattacke?«

»**Zsssssss.** Wessspenattacke? Na klar, sssofort. Wen sssoll ich denn attackisssieren?«, summt sie.

Obwohl die Lage superernst ist, muss ich beim Wort ATTACKISIEREN lachen.

»Den Hund«, erkläre ich. »Volle Attacke auf den Hund. Aber NICHT stechen, nur drohend anfliegen.«

»Den HUND? Sssowasss Grossses?« Ssuzis Summen erreicht Staubsaugerlautstärke.

Weil sie aber kein Feigling ist, macht sie sich bereit. Ich hopse auf ihren Rücken, und wir starten Richtung Dodo. Als der Hund die Wespe sieht, wird er nervös.

»SSUZI KOMMT! WEG DA VON DER SSSAHNE, DU MONSSSTER!« Ssuzis Flügel sirren mit voller Kraft. Der Flugwind verwirbelt mir die Haare. Die Luft um mich herum riecht nach Parfüm – Lavendel, Vanille, Apfel-Karamell und solches Zeug. Passend zum Teegebäck. Armer Justus.

Ich halte mich mit beiden Händen krampfhaft an Ssuzis Fühlern fest. Dodo schreckt auf. Die Wespe, die da wie eine Rakete auf ihn zustürzt, macht ihm Angst. Er weicht zurück, kläfft einmal. Und dann, als Ssuzi in nur wenigen Zentimetern Abstand vor seinen Augen vorbeisaust und »SSSOOO, DU SSSABBERNASSSE!« brüllt, verlässt ihn endgültig der Mut.

Jaulend und mit eingezogenem Stummelschwanz springt er auf den Fußboden und verschwindet durch die Wohnzimmertür zu seinem Herrchen.

Ob sich Püstel noch immer mit Basti unterhält?

Hoffentlich gelingt Justus der Absprung aus Dodos Fell. Diese Duftwolken, die von Dodo ausgehen, sind echt ekelerregend.

Ssuzi und ich landen direkt neben der Torte. Ich bitte Ssuzi, gleich noch einmal loszufliegen und nach dem Floh Ausschau zu halten. Wenn sie ihn findet, soll sie ihn aufgreifen und zu unserem Versteck auf dem Wohnzimmertisch, am Rand des Bücherbergs bringen.

Andi hat das Versteck bereits verlassen und mit der Suche an der umgestürzten Torte begonnen. Zu meiner großen Erleichterung finden wir Ludwig schnell. Er hat sich aus der weißen Masse befreien können, nun aber Schwierigkeiten, sich von der Stelle zu bewegen, denn er ist über und über mit Sahne und Creme bedeckt. Seine Füße kleben am Boden. Er sieht aus wie ein Schneemann. Ich stoße einen Jubelruf aus. Andi hält sich mit Jubeln zurück. Stattdessen hilft er Ludwig, das süße Zeug loszuwerden.

»Le-**ckrrrr**-ker. Ich könnte ein Freund aller Schuhgeheuer werden, wenn sie so süß sind wie du – **krrrrrk!**«, knarrt er.

Ludwig lacht sich schlapp, weil ihn Andis knabbernde Kauzangen durchkitzeln. In null Komma nichts hat Andi sämtliches Zuckerzeug von ihm abgenascht. Und ENDLICH können wir uns in die Arme fallen.

Am liebsten würde ich sofort von ihm erfahren, wie und warum er sich von Alex hat erpressen lassen. Aber wir machen uns schleunigst auf zu unserem Versteck auf dem Bücherberg. Dort wartet bereits Ssuzi auf uns.

Sie hat Justus gefunden. Er sieht käsig aus – soweit ein Floh käsig aussehen kann. Doch er hat es überstanden und atmet jetzt wieder parfümfreie Luft ein. Es geht ihm bald besser.

In diesem Moment stürzt Püstel ins Wohnzimmer.

Er hat es geschafft, Basti loszuwerden. Vermutlich ahnt er längst, dass es hier drinnen einen kleinen Unfall gegeben hat. Dodo schleicht seinem Herrchen nach, blickt schuldbewusst zu Boden. Er schrumpft förmlich, als Püstel die Sauerei auf dem Tisch entdeckt und die Fassung verliert.

»Dodo, was … Wieso hast du …« Stotternd eilt er zum Tisch, hebt die Hände und jammert und läuft im Wohnzimmer hin und her. So habe ich ihn ja noch nie erlebt.

Dann verschwindet er im Flur und kehrt mit der Hundeleine zurück, an die er Dodo nun legt. Wahrscheinlich befürchtet er, dass Dodo noch mehr Unheil anrichtet. Er knotet das andere Ende der Leine an einer großen Zimmerpalme neben dem Fenster fest – und seufzt.

»War der Besuch im Hundesalon schuld? Ich weiß ja, dass du das nicht magst, Dodo, aber … Ach, wenn du nur sprechen könntest. Die schöne Torte. Was machen wir denn jetzt?«

So richtig sauer ist er nicht. Hätte einer seiner Schüler diese Torte umgekippt, wäre ihm der Zorn des römischen Imperiums sicher gewesen. Bei Dodo aber zeigt Püstel sogar Verständnis.

Na, das macht ihn mir aber auch wieder sympathisch. Dodo sitzt betrübt und jaulend an seiner Zimmerpalme, und sein Herrchen bemüht sich, die gestürzte Torte wieder in Form zu bringen.

Gut, dass er Lateinlehrer geworden ist. Als Tortenformer hätte er sicher keine Karriere gemacht …

Und dann klingelt es. Es ist vier Uhr nachmittags. Das kann nur Frau Bissl-Brettig sein.

Kapitel 16

Kleine Teestunde – große Katastrophe

»Oh nee, ich habe es befürchtet«, sagt Ludwig, als ich ihm erzähle, was ich vom gestohlenen Schrumpfschrank weiß. Er verdreht genervt die Augen. »Die Einbrecher haben ja laut genug miteinander gesprochen, als ich da auf der Treppe in der Streichholzschachtel steckte. Mann, hab ich Schiss gehabt, dass einer von euch auf mich drauftritt.«

»Glaub ich gern«, sage ich. »Aber haben die Einbrecher irgendwie verraten, woher sie kommen oder wer sie sind oder was sie vorhaben? Wir MÜSSEN den

Schrank finden, sonst verbringen wir beide den Rest unseres Lebens unter der Lupe.«

»Mach dir **krrrrr**-keine Sorgen, Ben«, will Andi mich beruhigen, bevor Ludwig antworten kann. »Wir ernennen euch zu Ehrenameisen, und ihr be-**krrrr**-kommt jeder eine schöne Brutkammer in unserem großen Nest. Die **Krrrr**-Königin wird sich freuen!«

»Des is eine super Idee«, jubelt Justus, der wieder in bester Hüpflaune ist. »Und wenn ihr ausgeschlafen seid, kommt ihr aus dem Nest raus und zu mir. Dann trainieren wir eure Beinmuskulatur. Da habt ihr beide noch ein wenig Nachholbedarf.«

»Und ICH zzzeige dir, wie man fliegt, Ludwig«, summt Ssuzi aufgeregt. »Ich kann sssupersssnell fliegen. Du bissst dann mein Pilot, ssso wie Ben, und kannssst mir sssagen, ob da ssso doofesss beisssendesss Glasss im Weg issst. Sssüssses finden kann ich prima, aber in Glasss bin ich nicht ssso gut.« Sie wird rot.

Ludwig und ich sind ganz gerührt. Ich bin mir sicher, dass Professor Max uns zu Ehrenwürmern ernennen und als Schüler neben Olaf in seine Klasse aufnehmen würde. Bei Max würden wir mehr lernen als in zwanzig Jahren Püstel und Bissl-Brettig. Unter Garantie.

Gute Freunde werden wir also haben, sollte der Schrumpfschrank verschwunden bleiben. Deshalb ist Ludwig nicht mehr ganz so geknickt, als er mir gesteht, dass er keine Ahnung hat, wer die Einbrecher sind und wohin sie den Schrank gebracht haben könnten.

»Ich war viel zu sehr damit beschäftigt, aus dieser Schachtel rauszukommen«, gesteht er. »Moritz-Poritz hatte das Ding zugemacht, obwohl er es ein Stück weit hätte auflassen sollen. Manno, war das anstrengend, mich durch den Schlitz zu zwängen. Von den Einbrechern hab ich kaum was mitbekommen. Ich weiß nur, dass sie zu zweit waren und dass ihre Stimmen sehr unterschiedlich klangen. Die eine tief, die andere ziemlich hoch.«

»Oje, das ist nicht viel«, sage ich nachdenklich. »Woher wussten die zwei wohl, wie der Schrank funktioniert? Ob sie Doktor Yogeshwar kennen?«

»Ist eine Möglichkeit«, meint Ludwig. »Der Doktor hat ihnen seine Erfindung vielleicht mal erklärt. Deshalb können sie mit dem Ding umgehen. Wäre irgendwie logisch.«

Irgendwie aber auch nicht. Mir schwant, dass die Sache ganz anders gelaufen ist. Dann aber werden meine

Grübeleien unterbrochen, denn in diesem Moment betreten Frau Bissl-Brettig und Herr Püstel das Wohnzimmer. Ogottogott, die BB hat sich geschminkt und aufgedonnert und sieht aus wie ein Blumenstrauß mit Busen. Und Püstel ist nervös wie Moritz bei Matheaufgaben an der Tafel. Das scheint lustig zu werden. Püstel weist zum Tisch, aber sie sprechen ganz und gar nicht von Tee und Torte.

»Stell dir vor, Almut«, beginnt Püstel. »Kaum fünfzehn Minuten ist es her, da steht der junge Sebastian von Büchenburg vor der Tür und erzählt mir eine haarsträubende Geschichte von einer zwielichtigen Gestalt, die sich angeblich an meiner Haustür zu schaffen gemacht hat.«

»Eine zwielichtige Gestalt? Quintus, ich habe eine Befürchtung«, erwidert die BB.

»Ich auch, Almut, ich auch. Schon heute im Unterricht hat Sebastian mir jede Menge Unsinn erzählt. Angeblich wollte jemand Dodo entführen. Also, ich habe ihn abgewimmelt. Hat ein bisschen gedauert, weil er von einem Schreiben faselte, das der Unbekannte durch den Briefschlitz an meiner Haustür geschoben habe. Ich habe schließlich nachgesehen, man will die

Jugend ja nicht allzu sehr enttäuschen. Doch da war nichts. Und ob du es glaubst oder nicht: Sebastian ließ noch immer nicht locker. Ganz bestimmt habe dieser Unbekannte mir ein Schreiben zugestellt. Es müsse hier irgendwo liegen, und es habe vielleicht mit dem Einbruch in der Schule zu tun – und so weiter. Würde er doch in seinen Lateinarbeiten solchen Einsatz zeigen. Aber wenn es um den Unterricht geht, sind sie ja alle gleich. Nimm doch bitte Platz, meine Liebe.«

»Sehr gut, Quintus. Ich befürchte, Sebastian und seine Freunde wissen, dass wir uns heute wegen der bevorstehenden Arbeiten besprechen. Da wollen sie wohl spionieren. Ein guter Lehrer sollte seinen Schülern immer auch ein wenig Misstrauen entgegenbringen. Ach, wie das duftet, Quintus. Lavendel UND Gebäck. Interessante Mischung.«

»Ein wenig, Almut, aber nur ein wenig. Misstrauen, meine ich. In DIESEM Fall allerdings …«

»Hast du das selbst gebacken, Quintus?«, unterbricht ihn die BB. »Das sieht ja ganz wunderbar aus. Eine Sahnetorte, nicht wahr? Und diese Form ist … sehr modern. Du erstaunst mich immer wieder: Ein Lateinlehrer, stets mit dem Kopf in der großen Vergangenheit.

Und dann doch so offen gegenüber moderner Kunst. Eine SEHR eigenwillige Torte.«

»Nein, nein, ich … also. Doch, ja. Also die Torte, die …« Püstel hüstelt und gerät ins Stottern.

Der Bissl-Brettig fällt das gar nicht auf. »DODO? Quintus, du hast ihn ja an die Zimmerpalme gebunden. Ich bitte dich, der Ärmste. Bei mir im Körbchen im Büro ist er immer so ein Lieber. Warte, Dodolein, ich mache dich gleich wieder los.«

Ludwig neben mir fängt vor Lachen an zu gackern und fällt um. Andi, Justus und Ssuzi verstehen nicht, was er an dem Getue der Schuhgeheuer dort am Tisch so lustig findet. Püstels Gestottere wird noch schlimmer. Die BB hört nicht auf ihn. Sie stürzt auf Dodo zu, der sich vor Freude auf die Hinterbeine stellt, den Schwanz in einen Propeller verwandelt und die Palme zum Umstürzen bringt.

POFF – liegt das Ding lang wie eine Leiche auf dem Parkettboden. Mit der Erde, die dabei aus dem Palmtopf fällt, könnte man im Wohnzimmer nun eine Sandburg bauen. Püstel ist der Ohnmacht nahe. Die Bissl-Brettig hat ihre liebe Mühe mit Dodo, der an ihr hochspringt und ihr durchs Gesicht schlecken will. Sollte ihm das gelingen, wird sie vermutlich bemerken, dass Dodos Zunge kurz zuvor noch einen kleinen Ausflug durch die Sahnetorte gemacht hat.

Es dauert mehrere Minuten, bis Dodo aus dem Wohnzimmer verbannt, die Palme wieder aufgerichtet und der Dreck aus dem umgestürzten Kübel entfernt ist. Dann endlich können Püstel und die BB ihre Teestunde mit Arbeitsbesprechung beginnen.

Nun erfahren wir, welche Themen sich die BB für die Englischarbeit überlegt und welchen Lateintext Püstel zur Übersetzung ausgewählt hat – Informationen, die Alex, Paul und Moritz gern von uns hätten. Ludwig und mich allerdings interessiert das alles ganz und gar nicht. Draußen warten Lilly, Basti und Matz auf uns. Wie kommen wir in Sachen Schrumpfschrank weiter?

Plötzlich erklingen vor dem Haus Sirenen. Herr Püstel verschüttet vor Schreck eine halbe Tasse Tee. Die Bissl-Brettig springt auf und stürzt zum Fenster. Püstel ebenfalls. Aus dem Wohnungsflur kommt aufgeregtes Gebell. Dodo.

In diesem Moment ertönt ein weiteres Geräusch. Der Ton eines Martinshorns: ein sehr lautes **TATÜ-TATA** – was Dodo NOCH wilder macht.

Polizei, denke ich. Das ist ein Polizeialarm. Ein Polizeiauto. Ich erinnere mich natürlich an den Banküberfall vom Vortag, von dem ich ja aus dem Radio erfahren habe. Der Überfall, bei dem viel Geld gestohlen und der ominöse Pferdetransporter gesehen wurde.

Ob der Alarm wieder mit den Schrankdieben zu tun hat? Während wir noch überlegen, was wir tun sollen, klingelt es, und Herr Püstel und Frau Bissl-Brettig eilen zur Wohnungstür.

Draußen steht die Polizei.

Sie erzählen unseren Lehrern, dass es in Odenberg einen weiteren Einbruch gegeben hat, einen Diebstahl im Kunstmuseum am Marktplatz. Das liegt dem Haus von Herrn Püstel gegenüber. Die Polizisten suchen nach Zeugen. Leider sind die Verbrecher spurlos verschwunden.

Bei der Beute handelt es sich um ein berühmtes Gemälde. Der Leiter des Museums schätzt den Wert des Bildes auf fast eine Million Euro. Da das Museum heute geschlossen ist, konnten die Diebe unbemerkt eindringen.

Ich werde hellhörig, als ich mitbekomme, dass die bereits befragten Anwohner ausgesagt haben, ein von einem schwarzen Fahrzeug gezogener Pferdetransporter habe neben dem Museum geparkt. Das Gespann sei aber vor etwa zwanzig Minuten davongefahren. Herrn Püstels Nachbar hat sogar das Nummernschild notiert. Es wurde bereits überprüft und stammt von einem gestohlenen Auto.

»Eine Gruppe aufmerksamer Kinder hat den Einbruch bemerkt«, erklärt einer der Polizisten. »Sie haben dann telefonisch die Polizei verständigt. Leider hat es noch etwa zehn Minuten gedauert, bis wir hier erscheinen konnten«, fügt er etwas kleinlaut hinzu. Und was er dann noch sagt, macht mich nervös. »In diesen zehn Minuten müssen die Kinder versucht haben, im Museum nach dem Rechten zu sehen. Jedenfalls wurde dort Alarm ausgelöst.«

Auweia, das war bestimmt gefährlich, denke ich.

Und jetzt kommt der Hammer. Der Polizist hat eine weitere Information. Sie versetzt der Bissl-Brettig und Herrn Püstel – aber vor allem Ludwig und mir – den absoluten ALARM-SCHOCK.

»Ja, äh …« Der Polizist räuspert sich. »Wir vermuten, dass die Kinder die Einbrecher erkannt haben und deshalb von ihnen entführt wurden. Jedenfalls fehlte von ihnen jede Spur, als mein Kollege und ich am Tatort eintrafen. Die Kinder wollten am Museum auf uns warten. Sie hatten der Notrufzentrale ihre Namen genannt: Liliane Pohlmann, Mathias Dreisenbier und Sebastian zu Büchenburg. Kennen Sie die drei zufällig?«

Kapitel 17

Bonzo sei Dank ...

»Liliane? So heißt doch deine – **krrrrrk** – Schwester, Ben?«, knarzt Andi, und Ssuzi summt besorgt: »Du meinssst Leckerlilly? Wasss issst mir ihr?«

Die beiden brechen das Schweigen als Erste. Ludwig und ich stehen starr vor Schreck dort oben am Rand des Buchstapels und bekommen gerade noch mit, dass Frau Bissl-Brettig und Herr Püstel den Polizisten folgen. Sie verlassen das Haus. Dodo bleibt jaulend zurück.

ALARM.

»Was tun wir jetzt?«, rufe ich verzweifelt. »Lilly, Basti und Matz sind in Lebensgefahr. Wenn sie tatsächlich von diesen Einbrechern gefangen wurden, dann …«

»Hör auf!«, unterbricht mich Ludwig. Er weiß natürlich, was ich sagen will: dass die Einbrecher Angst haben aufzufliegen und mögliche Zeugen ausschalten werden. Meine Befürchtungen sind schwärzer als die Nacht.

»Wir müssen nachdenken«, sagt Ludwig.

»Und einen **krrrrr**-kühlen Kopf bewahren«, fügt Andi hinzu.

Ssuzi summt nervös und erzeugt mit ihren Flügeln sehr viel Wind. Zumindest kühlt der Wind unsere heißen Köpfe. Dann meldet sich Justus mit der ersten guten Idee nach der schrecklichen Nachricht. »Vielleicht, hmmm … Ja, freilich. Vielleicht könnt des Hundi uns helfen. Mein Hundi hat eine ganz wunderbare Spürnase.«

Ludwig und ich schauen uns an. Dodos Nase, na klar. Mithilfe von Dodos Geruchssinn könnten wir Lilly, Basti und Matz tatsächlich finden. Dodo müsste an irgendwas schnüffeln, das ihnen gehört. Dann kann er loslegen. Mit Hundenasen-Power.

Andi guckt skeptisch. Bei Hundenase denkt er an Staubsauger und nicht an Problemlösung.

Wir haben allerdings gleich zwei Probleme. Erstens: Wie kommt Dodo aus dem Haus heraus? Die Tür ist geschlossen. Und zweitens: Woran soll er schnüffeln, um die Spur aufzunehmen? Wir verlieren wertvolle Zeit, wenn wir erst zu mir nach Hause laufen müssen und Dodo in Lillys Zimmer eine Nase voll *Lillygeruch* tanken lassen. Doch es bleibt uns wohl nichts anderes übrig.

Das Problem mit der Haustür löst Dodo selbst. Ludwig beschließt, zusammen mit Justus im Hundefell zu reisen. Die Wirkung des Parfüms hat zum Glück nachgelassen, und Justus ist gleich doppelt begeistert, denn er mag Ludwig, seinen beinmuskelschwachen Flohfreund.

Justus hüpft also freudig zu dem Hundekörbchen hinüber, und wenige Sekunden später steht Dodo brav vor dem Wohnzimmertisch.

»Holladihü!«, jodelt der Floh.

Wir entdecken ihn auf Dodos Kopf.

»Na dann, auf geht's!« Ludwig springt mutig vom Tisch. Schwupp – verschwindet er im dichten Fell der

Wuffspieße und landet auf dem Gipfel des weißen Hundebergs direkt neben Justus.

»Viel Glück!«, rufe ich.

Auch Ssuzi ist startbereit.

Und Andi. »Mal wieder fliegen – **krrrrk**«, knarrt er. »Ich **krrrrr**-komme mir schon vor wie Luftfracht.«

Dodo läuft bereits zurück in den Flur. Und dann macht er etwas, was Herr Püstel wahrscheinlich noch nie bei ihm beobachtet hat. Sonst hätte er die Haustür wohl zugeschlossen: Dodo springt hoch zur Klinke und öffnet die Tür mit geschickten Pfotenbewegungen.

»Oooh, ich werde seekrank«, höre ich Ludwig stöhnen, da ist Dodo auch schon losgestürmt.

Ssuzi saust durch die Tür, immer dem weißen Hundeblitz nach. Ich habe Justus erklärt, wo Lilly und ich wohnen. Deshalb sprintet Dodo auf eine Straße zu, die entlang dem kleinen Fluss Ode bis zu uns nach Hause verläuft.

Es sind mehrere Kilometer, und die Zeitverzögerung macht mir immer größere Sorgen. Aber plötzlich sehe ich im Augenwinkel etwas Rotes aufblitzen.

»Stopp!«, rufe ich. »Ssuzi, flieg nah an Dodos Kopf heran. Ich muss zu Justus. Schnell!«

»Yesss, Herr Pilot. Hier kommt die sssausssende Ssinkflug-Sssuzzzie!«

Herrje, langsam steigt ihr die Kunstfliegerei zu Kopf – und mir geht sie auf den Magen. Mit einer halsbrecherischen Schraube abwärts rast Ssuzi auf Dodo zu und sirrt in nur wenigen Zentimetern Abstand an seinen Augen vorbei. Dodo bleibt erschrocken stehen. Vollbremsung. Von irgendwo aus dem weißen Hundekopffell höre ich den seekranken Ludwig stöhnen: »Nicht schon wieder.«

Ich aber rufe: »Justus, neuer Kurs. Immer der Wespe nach!«

»Jolladihü!«, kommt die jodelnde Zustimmung. Justus ist gut drauf. Ssuzi saust nun voraus, folgt meinen Steuerbewegungen.

Das Rote, das ich da gesehen habe, war Lillys Fahrrad. Gerade noch rechtzeitig habe ich es im Gebüsch neben dem Museum entdeckt.

An den Sätteln und Lenkern der Räder dürften sich deutliche Duftspuren befinden.

Jedenfalls für Dodo.

Kaum an den Fahrrädern angekommen, nimmt er seine Aufgabe sehr ernst. Er setzt die Nase wie einen hochempfindlichen Geruchsdetektor ein. Ssuzi ist auf Lillys Fahrradklingel gelandet, von wo wir Detektiv Dodo bei der Arbeit beobachten.

»Sehr seltsames Verhalten – **krrrrk**«, knarrt Andi. »Ist mir ein Rätsel, wie man mit einem feuchten, schwarzen Monster-Mörder-**Krrrr**-Kissen Schuhgeheuer aufstöbern kann. Noch dazu, wenn das **Krrrrr**-Kissen Löcher hat.«

»Oh, dieses Kissen ist ein total geniales Suchgerät, weißt du?«, sage ich.

»**Krrrrk! Krrrrrk! Krrrrrk!**« Andi lacht. »Du solltest diesem Wuffspieß-Wald sagen, dass sein Suchgerät defekt ist. Hier befinden sich **krrrrr**-keine Schuhgeheuer. Das sieht jede Ameise sofort.«

Ich versuche, Andi zu erklären, dass die Hundenase Gerüche wahrnimmt, die Dodo den Weg zu Lilly, Basti und Matz verraten. Aber er winkt nur ab.

Und er scheint recht zu behalten, denn nachdem Dodo an den Fahrrädern Duftnoten gesammelt hat, hechelt er kreuz und quer über den Marktplatz, ohne sich für eine Richtung entscheiden zu können.

Ich nehme Kontakt mit Ludwig auf. Ssuzi fliegt nah an Dodo heran.

»Was ist los?«, rufe ich.

»Vermutlich hat Dodo ein Problem, weil die Entführer mit dem Auto verschwunden sind«, meint Ludwig. »Da ist die Duftspur abgerissen. Erst wenn wir den Pferdetransporter finden, kann Dodos Nase uns helfen.«

»Mist«, schimpfe ich, und Andi grummelt: »Ich habe ja gleich gesagt, dass dieses schwarze Löcher-**Krrrrrr**-Kissen nichts taugt.«

Der Pferdetransporter. Das Ding macht mich noch wahnsinnig.

Wir fliegen am Rand des Marktplatzes entlang und geraten an eine Stelle, wo Autoparkplätze markiert sind.

Plötzlich wird Andi laut. »Landen! Sofort landen – **krrrrrrk!** Meine Fühler haben **Krrrrr**-Kontakt aufgenommen!«

»Deine Fühler? Was?« Ich versteh nur Bahnhof.

Andi gibt keine Ruhe. »Landen, du Überschallwespe. Alarm! Stopp! Boden-**Krrrr**-Kontakt!«

SSSSSSSSST – geht Ssuzi runter, lässt Andi vorsichtig auf den Boden, setzt selber auf und dreht sich aufgeregt und mit sirrenden Flügeln im Kreis.

Dodo läuft noch ein Stück voraus. Aber als Ludwig

und Justus bemerken, dass wir verschwunden sind, hält auch der Hund an, wendet und hopst, von seiner Spürnase gelenkt, zielgenau auf die Stelle am Rand des Parkplatzes zu, wo Ssuzi gelandet ist.

Wir befinden uns im Schatten eines braungrünen, kugeligen Berges mit etlichen großen Felsstücken, die davon herabgestürzt sind. Um zu erkennen, wobei es sich bei diesem Berg handelt, brauche ich weder die gute Nase eines Hundes noch geruchsempfindliche Fühler wie Ameisen oder Wespen. Im Gegenteil: Sogar mein unterentwickeltes Riechorgan reicht da aus. Die Duftnote ist ziemlich eindeutig.

»Wenn mich nicht alles täuscht, Ben – **krrrrrk**«, knarrt Andi, »dann stammt dies hier von einem Stinkapfel-Baum. Vermutlich aus dem großen Eisengetüm, das du als Pferdetransporter bezeichnest.«

Andi hat recht. In dem Transporter, der während des Einbruchs gesehen wurde, lagen bestimmt noch Hinterlassenschaften der Pferde, die damit normalerweise befördert werden. Beim Öffnen und Schließen der Ladeklappe sind Teile davon hier auf den Boden gefallen.

»Ein Pferdeapfel?« Ludwig hält sich die Nase zu. Dodo findet den Haufen sehr interessant und beschnüffelt ihn aufgeregt. »Boah, Dodo, das ist ekelhaft!« Ludwig kann es nicht fassen. Irgendwie scheint seine Nase noch empfindlicher zu sein als meine.

Ssuzi beobachtet ihn, weil Ludwigs Stimme mit Hand an der Nase so seltsam klingt. »Sssprichssst du grad in ssso ein Funkgerät wie Ben manchmal?«, fragt sie neugierig.

Die Insekten haben mit dem Gestank eines Pferdeapfels anscheinend ganz und gar kein Problem.

»Nein, nein«, sagt Ludwig. »Ich … ich glaube, ich habe mich beim Schrumpfen ein bisschen erkältet, weißt du? Schrumpfschnupfen. Der kommt ganz plötzlich.«

»Uuuh«, sagt Ssuzi, »da mussst du aufpasssen – und tieeef durchatmen. Dasss hilft, weissst du? Die Luft hier issst sssoo gesssund!«

»Ehrlich?« Ludwig macht große Augen und wird ganz grün im Gesicht, als Ssuzi mit den Flügeln sirrt und eine volle Ladung Stinkapfelduft inhaliert.

In diesem Moment springt Justus neben uns zu Boden.

POING! POING!

»Ah, wuuunderbar. So ein prächtiger Wälzapfel!«, jubelt er. Er mag das Ding fast so sehr wie Dodo, und mir wird schnell klar, was der Name *Wälzapfel* bedeutet. Wenn mich nicht alles täuscht, würde Dodo sich jetzt am liebsten im Pferdeapfel wälzen. Aber vermutlich hört er grad in seinem Kopf die Stimme seines schimpfenden Herrchens – und deshalb hält er sich zurück.

»Hier gefällt's meinem Hundi-Berg«, sagt Justus und bestätigt meine Vermutung. »Leider können wir solche Ausflüge nur selten genießen. Sobald Hundi sich gewälzt hat, dauert's meist net lang und ich muss ihn wieder für eine Weile verlassen. Des is blöd.«

Ludwig und ich schauen uns an.

»Hundesalon«, schlussfolgere ich, und Ludwig nickt.

»Ganz klar. Dodo sieht einen Haufen Pferdekacke, freut sich, wälzt sich, stinkt zum Gotterbarmen, Püstel kriegt die Krise und zerrt in zum Hundesalon.«

»Genau«, meint auch Ludwig. »Dann muss Justus wieder auswandern, weil Hundeparfüm für ihn das reinste Gift ist. Die Welt ist so verrückt.«

»Mindestens«, sage ich – und erlebe gleich die nächste verrückte Überraschung.

»Na, holladihü, des is ja noch schöner!«, ruft Justus. »Schaut nur: Wir bekommen Besuch. Darf ich vorstellen? Bonzo. Ein guter Bekannter.«

POING! POING! – Justus hüpft los. Auf den Pferdeapfel zu.

Bonzo? Ein Geräusch wie von einem röhrenden Baufahrzeug erklingt hinter dem Pferdeapfelberg. Und dann rumpelt sehr langsam eine schwere Kugel aus Kot ins Bild.

»Uaaaah, die Kacke lebt!«, ruft Ludwig, was ihm von Andi ein sehr lautes, lachendes **KRRRRK! KRRRRK! KRRRRK!** einbringt.

Meine Augen werden fast so groß wie die Kugel, die da auf uns zurollt. Der Baustellenlärm stammt von der rumpelnden Kugel und vom angestrengten Schnaufen eines Dings, das tatsächlich wie ein dicker, schwarzer Bagger oder ein Raupenfahrzeug gegen die Kugel drückt und sie fortbewegt.

Halbrund ist das Ding, zigmal so groß wie ich, glänzend schwarz. Es bewegt sich rückwärts, drückt gigantisch dicke Beine gegen die Kugel und ist unglaublich stark. Das muss Bonzo sein. Bonzo, der Mistkäfer.

Als Justus den Koloss begrüßt, lässt der von seiner Kotkugel ab, manövriert zurück auf den Boden, schaut in unsere Richtung und bewegt seine Fühler, die an den Enden aussehen wie riesige Hände. Sieht aus, als würde er winken. In meinen Gedanken höre ich das Röhren von Baufahrzeugmotoren. Nach einer Weile antwortet Bonzo mit tiefer Stimme – und sehr langsam.

»Oh, … Jus … tus … Schön … Dich … zu … se … hen.«

Oje, wenn der jetzt einen Vortrag hält, wird es Nacht, bis wir weiterkommen, denke ich.

Doch bald wird Ludwig und mir klar, dass Justus schon wieder eine geniale Idee hatte. Er spricht mit Bonzo über den Pferdeapfel und was man von dem erfahren kann. Der Pferdeapfel hat nämlich eine Geschichte. Also: JEDER Pferdeapfel hat eine Geschichte. Die beginnt mit dem Hintern des Pferds, aus dem er fällt. Eigentlich beginnt die Geschichte schon vorher, mit der Wiese, auf der das Pferd steht und grast. Oder mit dem Hafer, den Mohrrüben, die das Pferd zu futtern bekommt, und der Luft, die es atmet.

Als Bonzo die Frage, die ihm Justus stellt, versteht, ist er stolz wie ein Glückskäfer nach einem Hauptgewinn.

»Oh … ja … Jus … tus«, sagt er in gewichtigem Ton. »Ich … kann … euch … ge … nau … ver … ra … ten, … wo … sich … der … Äpf … ler … auf … hält, … der … die … sen … Ap … fel … ge … äp … felt … hat.«

Ooooh, meine Geduld. Nach einer gefühlten halben

Stunde hat Bonzo uns erklärt, dass der Äpfler – also das Pferd, das diesen Pferdeapfel gelegt hat – Wasser aus einem Bach trinkt, der in die Ode mündet. Es steht auf einer Koppel mit mehreren Bäumen, auf denen eine kräftige rote Apfelsorte wächst. Außerdem frisst der Äpfler täglich Blätter von Weidenbäumen, nascht an Holunderbüschen und an einer weißen Schlehenhecke. Die Koppel ist riesengroß, und es stehen dort mindestens acht weitere Äpfler. Ludwig und mir rauchen die Köpfe. WO befindet sich dieser Ort?

»Die … Äpfler … le … ben … sehr … ge … sund«, brummt Bonzo, »aber … die … Luft, … die … sie … at … men, … ist … nicht … so … ge … sund, … denn … ne … ben … den … Äpflern … hu … sten … im … mer … wie … der … vier … sehr … große … Brumm … ge … tüme, … die … viel … Stein … staub … schlep … pen.«

»Husten? Das … das … kenn ich«, stammelt Ludwig. Der Rauch in seinem Kopf beginnt sich zu verziehen. Ludwig hat eine Erleuchtung.

Und ich ebenfalls. »Hustende Baufahrzeuge. Kipper, die Steine und Schutt transportieren.«

»Die Fahrzeuge eines Bauunternehmens«, ergänzt Ludwig.

»Der Fahrzeugpark der Firma Krawoll. An der Landstraße außerhalb von Odenberg. Da fließt tatsächlich ein Bach. Und der mündet in die Ode. Ich kenne das Gelände«, rufe ich.

Ludwig springt auf. »Ich auch. Wir müssen hin. Dort gibt es eine Pferdewiese. Und einen Schuppen. Ob die Krawolls mit den Einbrüchen zu tun haben? Steckt Alex dahinter?«

»Nun mal langsam mit den fliegenden Ameisen«, sage ich, was mir einen bösen Seitenblick von Andi einbringt. »Alex, Paul und Moritz sind zwar als Trio kaum zu ertragen, aber Einbrüche traue ich ihnen nicht zu. Dahinter steckt was anderes. Wir werden es rausfinden. Los, Ssuzi, Abflug. Justus, wir sausen voraus. Du und Ludwig, ihr folgt auf Dodo. Sobald wir an dieser Wiese angekommen sind, soll Dodo Witterung aufnehmen. Wenn die Entführer Lilly, Basti und Matz in der Nähe der Wiese versteckt oder eingesperrt haben, kann er sie mit seiner Spürnase finden. Nicht wahr, Justus?«

»Jolladihü!« Das Jodeln des Flohs klingt ermutigend.

Andi stöhnt. »Fliegen. Ich fühle mich bereits wie eine Meise. Nicht mehr wie eine A-meise – **krrrrrrk**.«

Doch er nimmt Position ein und schnallt sich an – das heißt: Er lässt sich von Ssuzi in die Beinzange nehmen.

Wir bedanken uns bei Bonzo. Der freut sich, obwohl er nicht versteht, was wir vorhaben. Er kann sich ganz und gar nicht vorstellen, dass ein Bauunternehmer Böses im Schilde führt. Bonzo hat ein großes Herz für Bagger- und Lastkipperfahrer aller Art und wendet sich wieder seiner Kotkugel zu.

Kapitel 18

Die Welt ist ein Pferdeapfel

Die Abendsonne leuchtet orangerot über dem nahe gelegenen Wald. Überall im warmen Licht schwirren Bienen, Wespen, Mücken. Kreuz und quer fliegen sie mit lautem Gesumm und Gebrumm. Wir sind nun schon fast eine halbe Stunde unterwegs. Zunächst raus aus der Stadt und dann am Rand der Landstraße entlang bis zur Talbrücke über die Ode auf der Strecke nach Grünental.

Nach Papas Autotacho sind das, wenn ich mich richtig erinnere, etwa drei Kilometer. Auf meine neue Größe berechnet, also fast 1000 Kilometer. Kein Wunder, dass Ssuzis Flügel mittlerweile ganz knattrig klingen. Die Ärmste ist total erschöpft.

Jetzt müssen wir der Ode noch einen halben Kilometer querfeldein folgen, dann erreichen wir das Lager der Firma Krawoll neben der Pferdewiese. Auch Dodo macht langsam schlapp. Er hechelt und jault. Zwei Mal hat er sich schon in den Schatten legen und ausruhen wollen. Aber Justus hat ihn immer wieder angetrieben. Justus ist ein großartiger Dodo-Dompteur.

Na endlich. Ich kann den Schuppen, in dem wir den Pferdetransporter vermuten, sehen: den Schuppen, die große Wiese und die Bagger und Kippfahrzeuge auf dem Parkplatz daneben. Das flache Gebäude der Baufirma liegt halb versteckt zwischen Bergen von Sand und Kies am anderen Ende des Parkplatzes. Das Firmengelände ist ziemlich groß. Vielleicht befindet es sich deshalb so weit außerhalb der Stadt, mitten in der Natur.

Alles scheint hier verlassen – also, von MENSCHEN verlassen. Es ist ja auch längst Feierabend, vermutlich bereits nach sieben Uhr abends. Mehrere Pferde grasen friedlich auf der Wiese. Ein Fohlen ist auch dabei. Es kommt mir so riesig vor, dass ich fast denke, ein Elefant sei ein Kuschelhäschen dagegen.

Je näher wir der Pferdewiese kommen, desto größer wird die Zahl der durch die Luft schwirrenden Insekten. Nun sind auch lärmende Pferdebremsen darunter, und die Gedanken in meinem Kopf machen sich selbstständig. »Willkommen auf dem internationalen Flughafen von Odenberg-Äpflerwiese«, höre ich. »Nach der Landung werden Sie gebeten, sich mit Ihrer Maschine in Parkposition zu begeben.«

PARDAUZ!

Ssuzis Landung ist ziemlich hart. Mit knatternden Flügeln lässt sie sich auf den Stumpf eines frisch gefällten Baums fallen. Der erhebt sich an einer Biegung des Bachs, der hier entlang der Wiese fließt.

Dodo schöpft neue Kraft, als er das Wasser wittert. Er legt erst einmal eine längere Trinkpause ein und gluckst wie ein Wasserfall. Die Pause hat er sich redlich verdient. Dann hebt er sein Bein, markiert den Baumstumpf und lässt sich anschließend in den Schatten des Stumpfs fallen.

Och, Dodo, musste das sein? Das Markieren, meine ich. Na, Hunde sind nun mal so.

Dodo legt die Schnauze auf den Boden und jault. Er will wohl sagen: *Keinen Meter weiter. Punkt. Auch wenn*

Justus mich noch so sehr bittet. Wer mich zwingen will weiterzulaufen, wird sofort markiert.

Also gut: Lagecheck. Während Dodo und Ssuzi sich erholen, stecken Andi, Justus, Ludwig und ich die Köpfe zusammen. Vom Baumstumpf aus haben wir einen recht guten Überblick.

»Kann einer von euch den Transporter sehen?«, frage ich.

Ludwig hält sich eine Hand über die Augen und späht zum Schuppen. »Nein, nichts«, sagt er. Ob wir hier falsch sind? Vielleicht ist Bonzo im Kackeerkennen doch nicht so gut, wie Justus meint.

Justus ist fast beleidigt, als ich ihn darauf anspreche.

»Für Bonzo ist die Welt ein großer Apfel«, betont er mit feierlicher Stimme, »und diesen Apfel kennt er sehr genau.«

Ich muss grinsen. Für Menschen ist die Welt eine Kugel. Für Mistkäfer ein Pferdeapfel. Passt irgendwie. Wir alle könnten uns also prima verstehen.

Andi räuspert sich. »Ich spüre eine Erschütterung – **krrrrrk**. So wie sie von großen Eisengetümen ausgehen.«

»Was meinst du? Einen Bagger?« Ludwig wendet

sich zum Parkplatz mit den Baufahrzeugen. Aber dort drüben ist nach wie vor alles ruhig.

Nein, dort ist NICHT alles ruhig. Jetzt sehe ich es. Jemand öffnet die Tür des Schuppens. Es ist eine Doppeltür, und Ludwig und mir wird schlagartig klar, dass es sich bei dem Schuppen nicht um einen Pferdestall, sondern um eine Art Garage handelt, groß und ziemlich stabil gebaut. Und dann hören wir Lärm:

BROOOOOM!

Der schwarze Wagen. Er fährt aus dem Schuppen heraus. Die Doppeltür wird wieder geschlossen. Der Wagenmotor brummt laut.

»Mensch, das ist genau das Auto, das gestern morgen an der Schule stand«, sagt Ludwig. »Es ist mir aufgefallen, als ich mich mit den Krawallos traf. Das müssen die Schrankdiebe sein.«

»Die hauen ab!«, rufe ich.

»Zum Glück – **krrrrrk**«, knarrt Andi – und hustet.

Eine Wolke von Abgasen rollt auf den Baumstumpf zu. Puh. Doch ich starre zu dem Wagen, der sich uns nähert. Zwei Männer mit mürrischem Gesichtsausdruck blicken durch die Windschutzscheibe.

»Kennst du die?«, frage ich Ludwig.

»Nein. Nie gesehen«, antwortet er. Aber vielleicht erkennen wir sie nur deshalb nicht, weil sie Sonnenbrillen tragen und so freundlich aussehen wie zwei Totengräber.

BRRRRRMM! Der dicke Wagen brummt an uns vorbei, biegt auf die schmale Landstraße und saust davon. Ohne Pferdeanhänger.

»Die werden zurückkommen«, meint Ludwig. »Sie sind ohne den Schrank los. Den haben sie bestimmt hier zurückgelassen.«

»Genau – **krrrrrk**.« Andi guckt in die Ferne. »Wir sollten uns dieses dicke Dunkelding da angucken.«

Mit Dunkelding meint er den Schuppen. Der sieht tatsächlich ziemlich düster aus.

Ludwig nickt. »Und Dodo sollte versuchen, Witterung aufzunehmen. Vielleicht haben wir Glück und Lilly, Basti und Matz werden da drinnen gefangen gehalten. Hat Dodo sich erholt, Justus?«

POING! POING! POING!

Justus hüpft herbei – voller Kraft und guter Laune.

»Holladihü«, ruft er. »Des Hundi schnufferlt für sein Leben gern. Aufi geht's!«

Der quirlige Terrier springt auf seine vier Pfoten,

und Ludwig beeilt sich, seinen Platz zwischen Dodos Ohren einzunehmen. Ich hüpfe ebenfalls in das weiße Fell.

Andi und Ssuzi werden noch ein Weilchen auf dem Baumstamm sitzen bleiben, bis Ssuzi sich erholt hat.

»Wir **krrrrr**-kommen später«, raunt Andi. »Ich muss nachdenken. Das **krrrrr**-kann ich hier besser.«

Na gut, wie er meint. Wir sausen davon.

Dodos wildes Gehopse schüttelt meine Gedanken durcheinander. Ludwig und ich halten uns krampfhaft fest. Justus aber bewegt sich mit großer Leichtigkeit zwischen den vielen Wuffspießen auf Dodos Kopf.

Ich wüsste zu gern, wie er Dodo steuert. Die beiden müssen sich prima verstehen, denn Dodo macht genau das, was der Floh von ihm will.

Es ist ganz große Dressur-Kunst, die er uns natürlich nicht verrät, denn ein Künstler wahrt seine Geheimnisse. Und selbst herausfinden werden Ludwig und ich es wohl nicht. Wir haben viel zu sehr mit Übelkeit und Seekrankheit zu kämpfen.

Die Sucherei dauert sehr lange. Dodo schnüffelt und schnüffelt, jault, schnüffelt, saust hierhin und dorthin. Ludwig und ich hangeln uns mit rebellierenden Mägen

ein Stück die Wuffspieße hinauf. So können wir besser sehen.

»Irgendwas wittert Dodo in diesem Schuppen. Er muss darein, um weiterzusuchen«, sage ich.

»Aber wie?« Ludwig klingt elend. Matrose sollte er echt nicht werden.

»Das Fenster?« Ich gucke hoch. Der Schuppen hat an der Rückwand ein kleines Fenster. Ebenso an einer der Seitenwände.

»Glas«, entgegnet Ludwig mit einem Seufzen.

Ja, stimmt. Verflixt, in jedem Film, in dem solch ein doofer alter Schuppen eine Rolle spielt, sind die Fenster zerbrochen. Hier nicht. Glas ist für Ssuzi ein Problem – und natürlich auch für Dodo.

Was nun?

»Justus, wir müssen rein in diesen Schuppen!«, stöhnt Ludwig.

Justus unterbricht sein akrobatisches Gekrabbel, hebt den Kopf und schaut Ludwig fragend an. Dann aber lächelt er. »Ah, ich versteh. Des wird mein Hundi freuen. Aufi!«

Aufi? Was meint er denn? Kaum fünf Sekunden später verstehe ich.

Mit einem Mal ist Dodo SO RICHTIG in seinem Element.

»Festhalten, Ludwig!«, warne ich.

Das muss ich gar nicht, denn Ludwig hat ebenfalls begriffen, auch wenn seine Gesichtsfarbe immer grüner wird. Das Gewackel, das Dodo nun veranstaltet, stellt all sein vorheriges Hüpfen und Herumtollen in den Schatten.

Dodo BUDDELT.

Er flitzt zur Rückwand des Schuppens und setzt seine Vorderpfoten als Schaufeln ein. Der Dreck fliegt ihm nur so um die Ohren. Sand und Staub sausen auf Ludwig und mich nieder, während Dodo sich einen Gang unter der Holzwand des Schuppens hindurchwühlt.

Nach nur wenigen Minuten zwängt sich ein freudig jaulender Terrier ins Innere des Schuppens – und dort steht er tatsächlich: der Pferdetransporter. Versteckt im Halbdunkel. Außerdem sehe ich Schränke. Alte Holzschränke und eine Werkbank. In den Boden eingelassen ist so eine seltsame Vertiefung. Ich glaube, in einer Autowerkstatt habe ich so was schon mal gesehen.

Werden hier Autos repariert?

Dodo läuft umher, schnüffelt und schnüffelt. Sein

Gejaule nimmt zu. Er hat ganz klar Lillybastimatz-Witterung aufgenommen. Aber er findet die drei nicht.

Wo haben die Schufte sie eingesperrt? Auch den Schrumpfschrank entdecken wir. Normalerweise hätten Ludwig und ich nun vor Freude gejubelt. Der Schrank steht offen und wohlbehalten auf der Ladefläche des Pferdetransporters neben Resten von Pferdeäpfeln. Wir sind also richtig hier. Hierhin haben sich die Einbrecher nach ihren Raubzügen zurückgezogen. Hier müssen sie irgendwo drei entführte Kinder versteckt haben. Doch die Suche bleibt erfolglos. Plötzlich kommt mir ein böser Gedanke.

»Der schwarze Wagen«, sage ich. »Vielleicht haben sie die drei in diesem schwarzen Auto fortgebracht. Vor wenigen Minuten. Wir hätten dem Auto folgen sollen. Oh Mist!«

Ludwig starrt mich entgeistert an. In diesem Moment knarren ganz in der Nähe die Kauzangen der klügsten Ameise der Welt. Trotz Dodos Jaulen kann ich Andi hören.

»NEIN – **krrrrrrk**«, sagt er. Sehr laut. Er hat sich tatsächlich von Ssuzi herfliegen lassen – durch Dodos Bodentunnel. Ssuzi und er sitzen nun auf dem hölzernen

Rahmen des rückwärtigen Fensters, hinter dem Transporter.

Dodo schleicht immer wieder an einem schmalen Schrank entlang, der neben der Werkbank unter diesem Fenster steht. Auf dem Schrank liegen verschiedene Sachen, Werkzeuge, ein Hammer, Nägel, ein Holzstück. Alles riesengroß.

Andis NEIN verwirrt Ludwig und mich. Dodo richtet sich wieder an dem Schrank auf und jault. Andi spricht weiter. Aber er ist kaum noch zu verstehen. Wir nutzen die Gelegenheit, von Dodos Kopf abzuspringen. Dann sausen wir hinüber zu Andi und Ssuzi.

»Was meinst du mit NEIN?«, frage ich.

»Ich habe nachgedacht – **krrrrk**«, erwidert Andi.

»Das weiß ich doch«, sage ich. »Heißt NEIN, wir hätten dem schwarzen Wagen NICHT folgen sollen?«

»Gut er–**krrrr**–kannt«, knarzt Andi.

»Und warum nicht?«, fragt Ludwig ungeduldig.

Andi guckt uns an. Ich glaube, er hält uns mal wieder für Ameisen, die zu früh aus dem Ei geschlüpft sind.

Dann sagt er: »Weil wir in dem großen, schwarzen – **krrrrrrk** – Eisengetüm genau dieses **Krrrrr**-Kastending nicht gefunden hätten.« Seine Fühler weisen vom

Fenster runter zum Schrank mit den Werkzeugen darauf. Ich werde fast ohnmächtig.

Was ich auf den ersten Blick für ein Holzstück gehalten habe, ist eine geschlossene Streichholzschachtel. Und weil wir nah dran sind und Dodo für einen kurzen Moment aufs Jaulen verzichtet, hören wir Stimmen.

Das darf ja wohl nicht wahr sein.

Kapitel 19

Jetzt heißt es BREMSEN!

Glücksgefühle sind das GRÖSSTE. Vor allem nach einer Riesenüberraschung. Ludwig und ich liegen uns in den Armen. Aus dem Inneren der Streichholzschachtel rufen Lilly, Basti und Matz. Sie sind geschrumpft worden. Das Einzige, was die Glücksgefühle stört, ist der Gedanke, dass die Schufte, die dafür verantwortlich sind, mit ihrem Auto zurückkehren und die Schachtel mitnehmen könnten, bevor wir die drei befreit haben.

Also ran an die Arbeit.

Aus einer geschlossenen Streichholzschachtel

rauszukommen, kann ein DICKES Problem sein. Der Spalt am Rand der Schachtel reicht grad so, den Gefangenen Frischluft zuzuführen. Er ist maximal eine halbe Hand breit. Hindurchzwängen ist also nicht. Wir müssen die Schachtel öffnen: Andi und Ssuzi versuchen, das Innenteil ein Stück herauszuschieben, und Justus, Ludwig und ich drücken am anderen Ende mit aller Kraft gegen die äußere Papphülle. So hoffen wir den Spalt verbreitern zu können. Aber nichts bewegt sich.

Bald wird es dunkel, und wir sind nach einem langen, aufregenden Tag todmüde.

Ich habe das Gefühl, dass wir kaum vorangekommen sind. Da in der Nacht auch die Kräfte der Insekten nachlassen, bleibt uns gar nichts anderes übrig, als bis zum Sonnenaufgang abzuwarten.

Dodo streunt umher, hat Wasser und in einer der Ecken des Schuppens wohl auch Trockenfutter für Katzen gefunden. Das schmeckt ihm. Mir knurrt der Magen, denn auf Katzenfutter verzichte ich lieber. Aber was ist mit unseren Freunden in der Schachtel?

»Wir haben ein paar Flaschen Wasser und eine Tüte trockene Brötchen«, sagt Lilly. »Die Sachen haben sie vermutlich ebenfalls geschrumpft und in die Streichholzschachtel gesteckt. Wir können euch was abgeben.«

»Bist du verrückt?«, rufe ich. »Wir finden hier schon was. Wer weiß, wie lange ihr noch da drinnen ausharren müsst.«

Ups, das klingt jetzt ziemlich entmutigt. Ludwig bemerkt das. »Wir schaffen das schon. Wenn wir morgen ausgeschlafen sind, haben wir wieder mehr Kraft«, sagt er zuversichtlich.

»Ja«, füge ich hinzu. »Und Ssuzi besorgt uns zum Frühstück frisches Obst. Obst gibt Power.«

»Sssupersssüssse Sssuperpower – **zssssss**«, summt

Ssuzi. Sie klingt aber schon, als würde sie halb dabei schlafen.

Und dann ist im ganzen Schuppen Ruhe.

Gleich am Morgen, als die ersten Sonnenstrahlen durch die Fenster dringen, geht es weiter. Ssuzi schleppt tatsächlich mit großem Eifer Apfelstücke herbei. Draußen auf der Wiese stehen Bäume mit Fallobst darunter.

Wir frühstücken, und unsere Kräfte erwachen.

Dennoch verzweifeln wir an dieser verflixten Schachtel. Nach einer guten Stunde weiterer ergebnisloser Schufterei frage ich mich, wie es Ludwig nur gelungen ist, aus der Schachtel von Moritz rauszukommen?

»Die hat sich beim Runterfallen ein bisschen weiter geöffnet«, sagt er ächzend. »Ich musste mich nur rauszwängen, schlank, wie ich bin.«

Ich verstehe, schlank, wie ich selber bin.

Matz ruft: »Denkt bitte auch an die nicht ganz so Schlanken.« Und IHN verstehe ich noch viel besser. Oh Himmel, wir MÜSSEN uns anstrengen.

»Lilly, ihr seid doch zu dritt da drin«, rufe ich. »Wenn ihr alle gegen die Pappwand drückt? Vielleicht könnt ihr den oberen Teil ein Stück weit nach außen biegen!«

»Versuchen wir schon seit gestern, du Schlaumeier«, antwortet sie. Lillys Stimme klingt dumpf. Die Schachtel ist ein gut isoliertes Gefängnis.

»Mit voller Kraft«, ergänzt Matz. Da er ziemlich stark ist, weiß ich, was er meint.

»Kann Dodo nicht helfen?«, fragt Basti.

»Wie stellst du dir das vor? Soll er die Schachtel aufbeißen, mit euch an Bord?«

»Okay, keine so gute Idee«, räumt er ein.

Und dann erwähnt Lilly etwas, das mir ECHT Sorgen macht.

»Ich befürchte, die Typen kommen bald zurück« sagt sie. »Sie haben ziemlich laut gesprochen, seit sie uns in diese Schachtel gesteckt haben. Als sie gestern von hier verschwanden, meinten sie, sie wollten sich ein anderes Auto besorgen.«

»Wieso das denn?«, will ich wissen.

»Weil sie sich verdrücken wollen«, antwortet nun Basti. »Denen wird die Sache hier langsam zu heiß. Den Schrank nehmen sie natürlich mit.«

Verschwinden? Mit dem Schrank? Bloß das nicht!

»Verstehe ich nicht«, sage ich ächzend. Ich muss einen Moment Pause machen. Ich schwitze und fühle mich flau. »Die Polizei hat ihnen doch nie was nachweisen können, weil sie ihre Beute immer schon geschrumpft hatten. Weshalb müssen die also von hier weg?«

»Na, du bist ja ein großartiger Logiker«, meint Basti lachend. »Denk mal nach. Der Pferdetransporter ist schon mehrfach aufgefallen. Die Typen werden beobachtet. Überall achten sie jetzt auf einen Pferdetransporter mit schwarzem Wagen. Außerdem haben sie Angst, dass die Polizei ihr Versteck hier findet. Ist doch klar.«

»Und weil sie weitere Sachen planen«, ergänzt Matz, »wird das mit dem Pferdetransporter immer schwieriger. Sie brauchen ein neues Transportfahrzeug für den Schrank. Die wollen Odenberg verlassen. Der nächste Einbruch findet bestimmt woanders statt.«

»Blöd ist auch: Wir wissen nicht, wer die zwei sind«, fügt Lilly hinzu. »Sie haben uns völlig überrascht, als wir ins Museum schlichen. Zack – plötzlich wurde alles schwarz.«

»Schwarz? Wie meinst du das?« Ludwig klingt verwirrt.

»Na, die haben uns betäubt«, erklärt Lilly. »Ich hatte plötzlich so einen feuchten Lappen vor dem Mund.

Und von da an weiß ich nichts mehr. Als ich wieder zu mir kam, steckte ich in dieser Schachtel.«

»Ich vermute, Chloroform«, erklärt Basti. »War bei mir dasselbe.«

»Und Matz?«, hake ich nach.

»Also, ich hab noch die Fahrräder ins Gebüsch geschoben und bin dann Lilly und Basti hinterher«, antwortet er. »Ins Museum. Dann wurde auch bei mir alles dunkel.«

»Ihr wisst GAR NICHTS über die zwei?«, rufe ich enttäuscht.

»Nur, dass der eine mit tiefer Brummstimme spricht und der andere sehr viel höher. Der Brummige heißt Bruno. So nennt ihn der mit der hohen Stimme. Und der wird von Bruno Olli genannt.«

»Bruno und Olli. Brummig und drollig. Na prima.« Ich kann nicht anders. Ich muss lachen. Dann aber geht mir irgendwie die Luft aus.

»Wenn es den beiden gelingt, unauffällig von hier zu verschwinden, finden wir sie nie wieder.« Lilly bringt es auf den Punkt. Wir müssen sie bremsen, diesen Bruno und seinen Olli.

Ludwig und ich starren uns fragend an.

Bis es Andi zu viel wird. »Wie lange – **krrrrk** – wollen die beiden Herren Hilfsameisen denn noch Pause machen?«, knarrt er. »Ich denke, wir sollten uns beeilen. Ich spüre schon wieder Erschütterungen – **krrrrrrk**.«

»Erschütterungen? Heißt das …« Ich blicke mich panisch um. »Ssuzi, kannst du nachsehen, ob das schwarze Auto zurückkommt?«

ZSSSSSSSS!

»Sssofort, Ben!«, summt sie, steigt auf und braust mit hoher Geschwindigkeit durch Dodos Bodentunnel nach draußen.

»Na, herzlichen Glückwunsch – **krrrrk**. Jetzt ist die verrückte Wespe auf Erkundungsflug, und uns fehlt eine weitere schiebende **Krrrrrr**-Kraft.«

Oh nee, Andi hat recht, daran habe ich gar nicht gedacht. Wie kopflos. Alle rufen durcheinander. Und Justus sorgt sich um Dodo, denn der fängt an zu kläffen, weil Ssuzi direkt vor seinen Augen vorbeiflitzt. Eine halbe Minute später kehrt sie zurück, und Dodo bellt noch lauter.

»Sssie kommen«, ruft sie. »Alarm. Zzzwei Sssuper-Sssauerköpfe. Die sssitzzzen aber nicht in einem ssswarzen, sssondern in einem sssehr grosssen, weisssen Eisssengetüm!«

Stimmt. Sie wollten ja das Auto tauschen. Vermutlich ein weißer Umzugstransporter. Gleich sind sie hier. BEN, DENK NACH, WAS KÖNNEN WIR TUN?

»Nicht so laut, Hundi!«, ruft Justus in all dem Durcheinander. Dodo bellt und bellt. Justus wendet sich Ludwig und mir zu und sagt: »I muss versuchen, des Hundi zu beruhigen.«

Schon macht er sich auf zum Absprung auf Dodos Kopf. Da kommt mir DIE Idee. Nein, mir kommt Bastis Idee. Vielleicht hatte er ja doch recht. DODO. Wir müssen es wagen.

»Justus«, rufe ich, »kannst du Dodo dazu bringen, die Streichholzschachtel vorsichtig ins Maul zu nehmen und durch den Bodentunnel hinauszuschleppen? Wir dürfen nicht in die Hände, also unter die Schuhe, der zwei bösartigen Schuhgeheuer fallen.«

Das sieht auch Andi ein. Große Schuhgeheuer sind ihm ein Gräuel.

»Gute Idee – **krrrrk**«, knarzt er. »Raus hier!«

Aus dem Inneren der Schachtel allerdings schwappt Panik.

»Hey, ich denke, das mit dem Hund war KEINE gute Idee?«, protestiert Basti.

»Und wenn er uns auffrisst?«, jammert Matz. Ich kann verstehen, dass der Gedanke ihn beunruhigt. Einzig Lilly schweigt. Ich weiß nicht, ob das Mut bedeutet oder Verzweiflung.

»Wir müssen es versuchen«, antworte ich. »Ludwig und ich haben von Dodo schon tolle Sachen gesehen. Ohne ihn wären wir gar nicht hier.«

Drei Sekunden Schweigen.

»Na gut«, stöhnt Basti. »Augen zu und durch.«

»Aber bitte nicht beißen.« Matz flattern die Nerven. »Und sag Dodo, dass ich Hunde sehr mag, okay?«

»Sag ihm auch, er bekommt ein leckeres Geschenk von mir, wenn er seine Sache gut macht.« Lilly ist mal wieder schlau. Sie weiß natürlich, dass Dodo für eine Belohnung gern mal ein Kunststück zeigt. Diesmal eins mit Streichholzschachtel.

Vor dem Schuppen brummert ein dickes Fahrzeug. Mit einem Schnaufen verstummt der Motor. Autotüren werden geöffnet und gleich wieder zugeschlagen.

WUMM! WUMM!

»Okay«, sage ich. »Dodo kennt euren Geruch. Er weiß,

dass ihr da drin seid. Und er weiß, dass ihr immer nett zu ihm wart. Also nur Mut. Los geht's!«

Ja, es geht los. Justus ist ein wahrer Meister-Dompteur. Während sich zwei lachende Fieslinge namens Bruno und Olli an der Schuppentür zu schaffen machen, springt Dodo auf die Werkbank neben dem Schränkchen. Dann schiebt er seine neugierige Schnuppernase an die Schachtel heran und nimmt sie gaaaanz vorsichtig zwischen die Zähne. Braves Hundi!

Uaaaaah! Andi und ich blicken wie erstarrt in diese riesigen, schwarzen Hundeaugen. Die wirken irgendwie belustigt, als würde Dodo verstehen, was er da tut.

Sieht er uns etwa?

Ssuzi verfällt ebenfalls in Schreckstarre, und das ist gut so. Ihr Flügelsirren würde nur dafür sorgen, dass Dodo wieder loskläfft. Alles wäre verloren.

Nein, es läuft prima. Die Schachtel schwebt in Dodos Schnauze hinfort. Dodo springt zu Boden und wuselt mit wedelndem Stummelschwanz raus aus dem Schuppen.

Schwupp – ist er verschwunden.

In diesem Moment öffnet sich der Schuppen. Ssuzi schüttelt ihre Erstarrung ab und startet den Ssuzikopter-Sirrflügel-Motor. Ich springe auf ihren Rücken, Ludwig setzt sich hinter mich. Ssuzi hat jetzt ziemlich viel Gewicht zu tragen. Aber die Flugstrecke ist ja nur kurz. Andi wird in die Beinzange genommen, und noch bevor er schimpfen kann, geht es nach draußen.

Unmittelbar neben dem Schuppen, wo ein altes, rostiges Regenfass steht, lässt Dodo die Schachtel fallen. Ssuzi, Andi, Ludwig und ich landen direkt daneben. Ich kann mein Glück nicht fassen. Dodo hat die Schachtel zwar sehr vorsichtig behandelt, ein kleines bisschen Hundeschnauzendruck war allerdings doch dabei. Deshalb ist die Schachtel nun ganz leicht eingedrückt – und der Spalt am Rand ist so weit aufgebogen, dass Lilly, Basti und Matz rauskrabbeln können.

HURRA!

Endlich liegen wir uns alle in den Armen. Doch unsere Freude währt nur kurz. Da wir uns unmittelbar neben dem Fenster des Schuppens befinden, hören wir Bruno und Olli. Sie haben bemerkt, dass die Streichholzschachtel verschwunden ist. Und sie sehen das Loch im Boden.

»Ich hab dir gleich gesagt, Olli, wir nehmen die Schachtel mit. Jetzt ist sie weg!«

»Das … das gibt's doch nicht!«, jault Olli.

»Da ist einer rein. Siehst du doch. Hätte ich bloß nicht auf dich gehört!«

»Aber … das ist doch viel zu klein, das Loch, Bruno.«

»Hör mir auf mit zu klein. Da ist einer rein und hat die Schachtel mitgenommen!«, schimpft Bruno. Er hält sich mit Logik nicht lange auf. »Wie blöd, die einfach hier liegen zu lassen. Wir müssen verschwinden. Ohne den Schrank werden die Winzlinge uns nicht schaden können. Hast du alles?«

»Was meinst du, Bruno?«

»Die Beute, du Schlaumeier. Mensch, was ist mit deinem Gehirn los? Ist da ein Vogelnest drin, oder was?«

Bruno scheint der Anführer zu sein – und Olli kriegt ständig was auf die Mütze. Aber offensichtlich ist er für die Beute zuständig: das Gemälde und das Geld aus der Bank. Jetzt lacht er – trotz Bruno-Gemecker. Dann höre ich Geräusche, die wie ein Klopfen auf was Weiches klingen, und Olli sagt: »Na klar doch. Willste Feuer?«

Nun lacht auch Bruno – und wir Winzlinge schauen uns fragend an. Was sollte das bedeuten?

»Los, streng dich an«, ruft Bruno und unterbricht

unser Grübeln. »Der Schrank muss runter vom Pferdetransporter und rauf auf den Laster. Dann Abflug.«

MIST. In spätestens zehn Minuten rauscht der Lastwagen von hier ab. Wir könnten versuchen, ihm zu folgen. Aber irgendwann wird Ssuzi wieder die Puste ausgehen. Wir müssen …

»Hey, ihr da. Gibt's Probleme, oder was?«

Eine tiefbrummige, näselnde Stimme reißt mich aus den Gedanken. Ludwig und ich drehen uns um … und staunen.

Ich blicke in die riesengroßen Facettenaugen einer … Ja, worum handelt es sich? Sie ist noch größer als Ssuzi, aber keine Wespe. Fast schwarz ist sie. Die Augen wölben sich so mächtig vor, dass ich an eine gigantische, schwarze Motorradbrillen-Wespe denke. *Motorrad* kommt mir auch deshalb in den Sinn, weil dieses Ding brummt wie ein PS-Monster.

Und sie ist nicht allein. Sie hat viele Freunde mitgebracht. Die brummen ebenso laut und haben sich hinter ihr aufgereiht.

»Uuuuh«, summt Ssuzi schüchtern. »Dasss issst eine Bremssse. Eine sssehr grossse Pferdebremssse!«

»Hast recht, Schnucki!«, brummt die Bremse – und

augenblicklich brummen auch die anderen. Sie klingen tatsächlich wie eine Motorrad-Gang und sehen auch ein bisschen so aus.

Wieder spricht die Oberbremse: »Darf ich pvorstellen. Mein Name ist Pferdinanda. Und das hinter mir, das sind meine PFreundinnen. Wir sind die PFERDIDOS – und WIR haben das SAGEN hier!«

BRRRRRRRRRRRMMMM!

PFreundinnen? Ludwig, Basti, Matz und ich wechseln verwirrte Blicke. Lilly aber lacht plötzlich laut los, ballt ihre rechte Hand zur Faust und streckt sie Richtung Himmel.

»Super!«, ruft sie. »GIRL-POWER! YEAH!«

Hey, Lillys freudiger Ausruf bricht das Eis. Pferdinanda und ihre Freundinnen finden uns plötzlich gaaaanz prima. Zum Glück!

Kapitel 20

Ein kleiner Schulausflug

Innerhalb weniger Minuten erläutern wir Pferdinanda und ihrer brummenden Bremsen-Gang unsere Geschichte. Mehr Zeit haben wir nicht, denn es dauert nicht lange, und der Schrumpfschrank ist vom Pferdetransporter auf den Umzugs-LKW gewuchtet. Die zwei Schurken wollen aufbrechen.

Wir erklären den Pferdebremsen, dass sie unbedingt aufgehalten werden müssen. Das gefällt Pferdinanda. Sie LIEBT es, Typen wie Olli und Bruno die Hölle heiß zu machen.

BRRRRRRRRRRRRRM!

»Mädels, lasst uns das mit den PFieslingen klarmachen!«, brummt sie und hebt mit ohrenbetäubendem Knattern ab.

Gleich darauf erheben sich auch ihre Freundinnen. Diese Bremsen sind gigantische Flieger – und mörderisch gute Blutsauger.

Ich selbst aber kann nur hoffen, dass es ihnen gelingt, Olli und Bruno in Schach zu halten, denn ich muss mit Ssuzi los nach Odenberg, zur Schule. Die Bremsen können uns helfen, Zeit zu gewinnen. Doch wenn es darum geht, Bruno und Olli festzunehmen und uns im Schrumpfschrank wieder auf Normalgröße zu bringen, brauchen wir die Polizei und Doktor Yogeshwar – und wahrscheinlich sogar die Bissl-Brettig.

Vor allem Doktor Yogeshwar ist wichtig. Neben Lilly und meinen Eltern ist er der Einzige, dem ich ein Mikro-Walkie-Talkie gegeben habe. Ich muss Kontakt mit ihm aufnehmen und darauf hoffen, dass er nicht zu verpeilt ist, mich zu verstehen.

ZSSSSSSSSSSSS!

Ssuzi fliegt los und flitzt so schnell, wie wohl noch nie in ihrem Leben, zurück in die Stadt.

Ich weiß nicht genau, wie spät es ist, aber es muss noch früher Morgen sein. Als wir die Schule erreichen, hat der Unterricht begonnen. Ssuzi knattert durch den Haupteingang und summt die Treppen hoch.

Kaum ist die Wespe ins Gebäude gesaust, fällt mir die Unruhe dort auf. Wir fliegen hinauf zum Dachgeschoss, denn ich vermute Doktor Yogeshwar wie immer in seinem Labor. Unterwegs schnappe ich Gesprächsfetzen auf. Die Stimmung hier steht auf Alarm.

»Entführt ...« – höre ich immer wieder und: »... die halbe Klasse«, und auch: »... sogar der Hund von Herrn Püstel.« Und mehrfach fällt das Wort »Polizei«.

Na klar, denke ich. An diesem Morgen hat Frau Bissl-Brettig feststellen müssen, dass aus unserer Klasse fünf Schüler fehlen. Sie wird bei den Eltern angerufen haben. Die Eltern von Ludwig werden aus allen Wolken gefallen sein, weil ihnen die Krawallos ja was von Übernachten bei Alex erzählt haben. Meine Eltern werden ihr vielleicht verraten haben, dass ich zurzeit geschrumpft bin.

Das wird die Bissl-Brettig noch ein bisschen brettiger gemacht, also ziemlich unter Dampf gesetzt haben. Aber Papa und Mama werden nicht wissen, weshalb

Lilly verschwunden ist. Sicher haben sie längst die Polizei informiert. Ebenso die Eltern von Basti und Matz. Die halbe Stadt wird in Aufruhr sein.

Als ich auf Ssuzis Rücken in die Lehrmittelsammlung brause, fehlt von Doktor Yogeshwar jegliche Spur. Mein Herz bleibt stehen. Der ist doch wohl nicht auch noch verschwunden?

Wir sausen an einer der Schuluhren vorbei, die überall im Gebäude angebracht sind. Es ist kurz vor neun. Der Schultag ist noch keine Stunde alt. Vermutlich ist bereits die Polizei da. Und wo wird die Bissl-Brettig mit der Polizei sprechen?

In ihrem Büro. Dort ist jetzt Krisensitzung.

»Ssuzi, wir müssen sofort runter ins Erdgeschoss!«, rufe ich, ziehe an ihrem rechten Fühler und lasse sie eine enge Kurve fliegen.

»Dasss zzziept«, protestiert sie. »Ich weisss doch, wo du hinwillssst!«

Kluge Wespe. In wenigen Minuten erreicht sie die Kommandozentrale unserer Schule: das Büro der Direktorin. Und vor der Tür warten mit hängenden Köpfen Alex, Paul und Moritz: das Trio Krawallo. Vermutlich steht ihnen ein Verhör bevor.

Stimmen dringen durch die Tür. Weil sie verschlossen ist, muss Ssuzi einen Umweg nehmen: einmal nach draußen und **SSSSSSST** durch das offen stehende Oberlicht des Fensters.

Drinnen im Zimmer sind bereits sämtliche Verhörer versammelt: die Bissl-Brettig, die mit rotem Kopf und fuchtelnden Händen von Entführung und Krise redet. Zwei Polizisten, die ihr zuzuhören versuchen und sich Notizen machen. Ein bleicher Herr Püstel, der seinen

Hund als vermisst meldet und auf den Hundekorb zeigt, der nun ausgerechnet auf dem Schreibtisch der Bissl-Brettig steht. Und Doktor Yogeshwar, dessen Gestottere die Schreibkünste der Polizisten überfordert.

Die Bissl-Brettig ist mit den Nerven am Ende, Herr Püstel und Doktor Yogeshwar ebenfalls.

»... und dann höre ich, dass ZWEI meiner Schüler GESCHRUMPFT wurden. MEIN EIGENER Physiklehrer fällt mir in den Rücken. Es ist zum Verrücktwerden!«

Die Polizisten tauschen Blicke, als wüssten sie nicht, ob sie sich in einer Schule befinden oder im Irrenhaus.

»Äh, bitte, liebe bissige Drau Firektor ...«, beginnt Doktor Yogeshwar, was ihm seitens der Frau Direktorin gleich ein »Jetzt hören Sie ENDLICH auf, solch wirres Zeug zu reden«, einbringt. »In Ihrem Unterricht herrscht offensichtlich das gleiche Durcheinander wie in Ihrem Kopf. Das haben wir nun davon: geschrumpfte und verschwundene Schüler. Gleich FÜNF. SIE sind schuld!«

»Und Dodo!«, meldet sich Herr Püstel. Womit er nicht meint, dass auch Dodo schuld ist, sondern dass er ebenfalls verschwunden ist.

Die Polizisten missverstehen das allerdings.

»Dodo, aha«, sagt der eine. »Ist dieser Dodo schon häufiger negativ aufgefallen?«

Herr Püstel stottert und die Bissl-Brettig verdreht die Augen.

Bevor das Missverständnis geklärt werden kann, versucht Doktor Yogeshwar, sich zu verteidigen. »Aber von den anderen Wühlern scheiß ich doch gar nichts!«, ruft er, woraufhin die Polizisten grinsen.

Frau Bissl-Brettig rastet nun endgültig aus. »HERR YOGESHWAR: NICHT SOLCHE WORTE!«, brüllt sie. Sie piekst ihren Zeigefinger mitten auf die Brust des Doktors und wiederholt: »GESCHRUMPFT. GEGEN MEINE ANWEISUNG!«

Doktor Yogeshwar senkt den Kopf.

»Geschrumpft? Aha«, sagt nun einer der Polizisten. Nachdem das Wort mehrfach gefallen ist, sieht er die Bissl-Brettig an, als ginge es um ihren Geisteszustand. »Interessant.«

»Sie MÜSSEN mir glauben«, ergänzt die Bissl-Brettig. »Herr Yogeshwar: Sie erzählen den Polizeibeamten jetzt ALLES. Und anschließend werden Alexander Krawoll, Paul Felsmann und Moritz Lause verhört.

Denen habe ich heute morgen schon einmal die LÖFFEL langgezogen. SIE waren nämlich diejenigen, die Ludwig Theisen verkleinert haben. Diese Lauser!«

Donnerwetter, das Trio Krawallo ist ja glatt noch zu guten Taten fähig. Haben sie tatsächlich gestanden? Aber mir bleibt keine Zeit, die große Geste der drei zu bewundern. Ssuzi und ich brauchen jetzt AUFMERKSAMKEIT.

»Ssuzi. Knattere, was die Flügel hergeben!«, rufe ich.

»Allesss klar, Ben!«, antwortet sie und sirrt quer durch den Raum, unter der Nase der Bissl-Brettig hindurch und anschließend mehrfach um den Kopf von Doktor Yogeshwar. In höchstem Tempo und höchster Lautstärke. Dem Doktor wird fast schwindelig dabei.

»Oh, das ist ja meine wiebe Lesbe!«, ruft er und dreht sich dabei um die eigene Achse. »Die hat hicher Sunger. Ha... haben Sie vielleicht ein Stapfelsück, Frau Bissig?«

Er begreift nicht. Oder besser: nur halb. Leider hat er sein Mini-Walkie-Talkie nicht dabei. Das Ding liegt vermutlich oben im Labor.

Und die Bissl-Brettig kriegt schon wieder die Krise.

»Himmel, jetzt auch noch ein aggressives Insekt. Fenster auf und RAUS DAMIT!«

Die Polizisten erschrecken dermaßen über ihre Lautstärke, dass einer von ihnen unwillkürlich zu seiner Pistole greift.

Auweia. Herr Püstel, der seiner Liebsten zu Hilfe eilen will, schnappt sich ein leeres Wasserglas, stolpert durch den Raum und fuchtelt nach Ssuzi. Meine Güte, weshalb begreift Doktor Yogeshwar denn nicht, dass ich …

»NOPP! DAS IST STEN! Ich meine STOPP, das ist BEN!«

Na endlich, jetzt hat er es. Herr Püstel erschrickt und tritt dem Polizisten mit der Waffe in der Hand auf den Fuß.

Hui, DAS könnte gefährlich werden. Zum Glück jault der Polizist nur auf und steckt die Waffe wieder ein.

Die BB guckt irritiert. »Was bitte?«

»Ben ist das!«, wiederholt der Doktor. Zum Glück ohne Wortverdreher. »Auf der Sespe witzt Ben.«

Na ja: FAST ohne Wortverdreher.

»Benjamin Pohlmann? Der Geschrumpfte?« Unsere Direktorin mag ja dies und das sein: DUMM ist sie nicht. Sie versteht.

Zwar wechseln die Polizisten erneut fragende Blicke.

Aber nachdem die BB entschieden hat, sich die Wespe mal genauer anzusehen, können Ssuzi und ich auf ihrem Schreibtisch landen, ohne Gefahr zu laufen, unter das Wasserglas von Herrn Püstel zu geraten.

Die BB, Herr Püstel, Doktor Yogeshwar und die beiden Polizisten schieben ihre Köpfe ganz nahe an Ssuzi heran.

»Und wenn die sticht?«, fragt der bewaffnete Polizist mit dem schmerzenden Fuß etwas ängstlich.

»PSSSSST!«, sagt die BB. Das ist Antwort genug.

»Was ist DAS denn?«, fragt der andere Polizist.

»Das ist Benjamin Pohlmann. Ein kluger, aber sehr undisziplinierter, geschrumpfter Schüler«, erklärt die BB.

Dann guckt sie streng hinüber zu Doktor Yogeshwar. Der lächelt nur. Ich vermute, zum ersten Mal seit dem Diebstahl des Schrumpfschranks fühlt er sich wieder gut.

»Ich werde verrückt«, sagt der Polizist ohne Fußschmerzen.

»Ich auch«, bestätigt sein Kollege.

»Das sollten sie nicht«, sagt die BB. »Wenn ich das jetzt richtig sehe, will uns Benjamin etwas mitteilen?«

Sie blickt SEHR angestrengt in meine Richtung, und ich nicke, so heftig ich kann. Und weil ich keine Zeit habe, das große Stempelkissen auf ihrem Schreibtisch zu benutzen, um ihr und den im Raum Versammelten eine Botschaft mit den Füßen zu tippen, winke ich nur, so wie man winkt, wenn man sagen will: *Kommt mit!* Dann steige ich zurück auf Ssuzis Rücken, winke noch einmal und hoffe, dass wenigstens einer der Riesen im Raum versteht, was ich sagen will.

Es sind sogar zwei.

»Wir sollen der Fespe wolgen«, sagt Doktor Yogeshwar.

»Offensichtlich«, sagt die BB. »Benjamin will uns was zeigen. Und die Polizei kommt mit.«

»Äh, wie?«, fragt der Polizist mit schmerzendem Fuß. Er lernt grad, dass Frau Bissl-Brettig supergut rumkommandieren kann.

»MITKOMMEN«, wiederholt sie. »Es geht um fünf entführte Schüler.«

»Und einen entführten Hund«, sagt Herr Püstel. Er ist immer noch ein wenig blass um die Nase, aber in seinen Gedanken scheint sich die Hoffnung zu regen, dass er seinen Dodo bald wiedersieht.

Kapitel 21

Zur Sache, Schnuckis ...

Im Polizeifahrzeug muss es furchtbar eng sein. Die Bissl-Brettig hat für sich den Beifahrersitz, neben dem Polizisten am Steuer, gewählt. Der zweite Polizist wird auf die Rückbank verbannt – eingezwängt zwischen Herrn Püstel und Doktor Yogeshwar.

Und weil es sich bei dem Fahrzeug um ein ETWAS größeres Modell handelt, gibt es ganz hinten noch Notsitze. Auf denen finden Alex, Paul und Moritz Platz.

»Ihr werdet mir noch einiges erklären müssen«, sagt die Bissl-Brettig beim Abflug.

Ja, damit hat sie wohl recht.

Es ist gar nicht so einfach, mit dem Auto etwas so Winzigem wie einer fliegenden Wespe zu folgen. Doch nach zweimal falsch Abbiegen erreicht die Polizei die große Pferdewiese neben dem Lager der Firma Krawoll. Ich kann Alex auf dem Rücksitz zwar nicht sehen, aber ich kann mir denken, dass er jetzt Blut und Wasser schwitzt.

Auf dem Firmengelände bewegen sich Kipplaster. Bagger beladen sie mit Sand oder Kies. Andere Fahrzeuge laden hier Bauschutt ab. Es wird also gearbeitet. Und dabei entsteht ziemlicher Lärm.

Vielleicht hören wir deshalb erst kurz vor der Ankunft Dodos Gekläff. Er hüpft vor der verschlossenen Schuppentür auf und ab und hat ganz offensichtlich einen Heidenspaß.

Der Polizeiwagen stoppt. Die Türen gehen auf.

»DODO!«, ruft Herr Püstel freudig.

Dodo reagiert nicht. Die Schuppentür scheint ihn viel mehr zu interessieren als sein Herrchen. Und Dodo hat einen besonderen Grund dafür: Je näher wir dem Schuppen kommen, desto deutlicher höre ich das Jammern von drinnen.

Es sind die Stimmen von Bruno und Olli. Bruno klingt ganz und gar nicht mehr brummig. Und Ollis Stimme jault noch höher und ängstlicher als sonst.

Ich AHNE, wovor sie sich beide fürchten.

BRRRRRRRRRRM!

»Hallo, mein PFreund. Hast du uns neue Opfer gebracht?«

Pferdinanda. Einige ihre Freundinnen folgen ihr mit Gebrumm. Ich spüre, wie bei Herrn Püstel und Frau Bissl-Brettig und wohl auch den Polizisten die Augenbrauen hochgehen. Pferdebremsen können ECHT unangenehm sein. Doktor Yogeshwar ist vermutlich zu verschusselt, um die Bremsen zu bemerken.

»Die Schnuckis hier sind ziemliche PFeiglinge«, meint Pferdinanda mit äußerst bremsigem Grinsen. »War gar nicht schwer, sie in Schach zu halten.«

»Prima, Pferdinanda«, sage ich. »Ihr habt uns echt geholfen.«

»Immer gern, mein PFreund«, brummt sie. »Du hast übrigens eine patente Schwester. Die gepfällt uns. Könnte 'ne pvorbildliche Bremse werden, wenn sie ausgewachsen ist.«

Ich muss lachen. Und bevor ich Pferdinanda auf dieses Lob antworten kann, blickt sie auf und brummt: »Ach du liebe Schnecke: Was ist denn DAS für ein PFeger?«

Feger?

Pferdinanda saust los, dreht eine Runde über dem Polizeiwagen und umkreist neugierig Frau Bissl-Brettig. Die setzt einen kritischen Blick auf. Nach einer weiteren Runde kehrt Pferdinanda zu mir zurück.

»Wow. TOLLE Bremse. PVor der habe ja sogar ICH Respekt!«

Ich kann mich nur sehr mühsam beherrschen, jetzt nicht vor Lachen umzufallen. Mit Husten und Stottern bringe ich ein »Ge…genau, das ist übrigens … die … die Lehrerin meiner Schwester« hervor.

»PVerstehe!«, brummt Pferdinanda. »Das erklärt pvieles. Tolle Schwester, wie gesagt. Hat mich gepfreut, euch kennenzulernen. Wir sehen uns. Adios!«

Mit einem letzten Gruß brummt Pferdinanda davon. Ihre Freundinnen folgen. Die Belagerung des Schuppens ist beendet. Die Polizisten können zur Tat schreiten und die Einbrecher festnehmen.

Allerdings gibt es noch ein klitzekleines Problem. Olli und Bruno leugnen nämlich alles. Als die Polizisten die Schuppentür öffnen, warte ich auf dem Dach des Polizeiwagens.

Ssuzis saust lost, um Andi, meine Schwester, Basti, Matz und Ludwig zu suchen. Herr Püstel wird ENDLICH von seinem weißen Terrier begrüßt, was vielleicht mit den Leckereien in seinen Hosentaschen zu tun hat.

Ssuzi spielt Wespen-Chauffeur und setzt nacheinander meine Freunde auf dem Wagendach ab. Das Trio Krawallo hält sich im Hintergrund. Die Bissl-Brettig muss ihnen schon mächtig zugesetzt haben. Sie lässt die drei nicht aus den Augen.

Die Polizisten sprechen mit Olli und Bruno. Deren Gesichter und vor allem ihre Arme sehen ziemlich angeschwollen aus. Die Bremsen müssen heftig zugestochen haben. Ich vermute mal, sie finden es viel angenehmer, mit der Polizei als mit einem Schwarm wilder Pferdebremsen zu tun zu haben.

»So«, sagt die Direktorin. »Alexander, Paul, Moritz: Ihr habt mir ja bereits gestanden, dass ihr am Morgen des Einbruchs in der Schule wart. Erkennt ihr die beiden wieder?«

Alex ist bleich. Paul und Moritz blicken zu Boden.

Bruno schickt einen giftigen Blick herüber. Wenn ich Alex wäre, hätte ich jetzt vermutlich auch Schiss.

Aber dann sagt er leise: »Die haben für meinen Vater gearbeitet.«

»Haben?«, fragt die Direktorin.

»Ja«, sagt Alex. »Letzte Woche hat mir Papa gesagt, dass sie plötzlich gekündigt hätten. Er hat sich noch darüber gewundert.«

»Aha«, sagt die BB und zieht eine krause Stirn. »Habt ihr sie denn am Morgen in der Schule gesehen?«

Bruno guckt nun noch giftiger.

Alex schüttelt den Kopf. Tut er das, weil er Angst hat?

»Nein«, sagt er. »Wir haben niemanden gesehen. Wir sind gleich geflüchtet, als es laut wurde. Aber …«

»Jaaaa?« Die BB setzt nach.

»Aber ich hab dem einen mal vom Schrumpfschrank erzählt. Dem … Bruno«, druckst er rum. »Ich habe in den Ferien bei Papa in der Firma gearbeitet. Und da habe ich von der Schule erzählt und … und vom Schrank. Ich habe ein bisschen angegeben und erzählt, was der Schrank alles kann.«

»Was ihr ja leider an eurem Mitschüler ausprobiert habt. Verstehe«, sagt die Bissl-Brettig. Dann wendet sie sich an die Polizisten. »Sie haben es gehört: Diese Herren wussten von dem Schrumpfschrank, und sie wussten vermutlich auch, wie man ihn bedient.«

»Wir haben nichts getan«, sagt Bruno. Seine Stimme klingt schon wieder aggressiv. »Sie dürfen uns nicht festnehmen. Sie können uns doch gar nichts nachweisen. Wir sind NIRGENDWO eingebrochen. Dieses komische Möbelteil haben wir am Straßenrand gefunden. Das stand da und sah interessant aus. Da haben wir es auf den Transporter geladen. Was mir der Junge da in seinen Ferien erzählt haben will, daran erinnere ich mich nicht. Mit Kindern rede ich nicht so viel.« Er spuckt auf den Boden. So ein Widerling.

»Genau«, plappert Olli ihm nach. »Sie können gar nichts beweisen.«

»Klappe, Olli«, brummt Bruno.

»Wir werden ja sehen«, sagt der Polizist, dessen Fuß nun schon länger nicht mehr schmerzt.

Haben wir tatsächlich nichts gegen sie in der Hand? Was Alex ausgesagt hat, reicht nicht. Das ist mir klar.

Doktor Yogeshwar, der sich auf dem Gelände umgesehen hat und freudig auf den Fund des Schrumpfschranks reagiert, kehrt nun zum Polizeiwagen zurück.

Er entdeckt Ssuzi auf dem Dach des Wagens und neben ihr all uns andere Geschrumpfte.

»Kinder, ihr habt mir vielleicht einen Jeck eingeschragt – also: Schreck eingejagt«, sagt er.

»Ihnen?«, ruft Frau Bissl-Brettig. »MIR!«

»Hey, Herr Doktor«, rufe ich. »Sie müssen uns wieder vergrößern. JETZT. AUF DER STELLE!«

Oh nee, er hört das natürlich nicht. Er sieht nur, wie ich und Lilly und die anderen wild gestikulieren.

Im Hintergrund leugnen Bruno und Olli weiterhin fleißig. Die Polizisten geraten ins Grübeln.

»Sollt ihr mir was wagen? Äh, wollt ihr mir was sagen?« Doktor Yogeshwar blickt uns fragend an.

»JA DOCH!«, rufe ich. »VER-GRÖ-SSERN! JETZT SOFORT!«

»Hmmm. Sodas Wummes«, klagt er. »Ihr kleit ja viel zu sein. Also: Viel zu klein seid ihr. Ich verstehe nichts.«

Au Mann, wie kann ein Genie dermaßen verpeilt sein?

Die Bissl-Brettig beobachtet ihn und verdreht die Augen. »Sagen Sie mal, Sie Wundertüte: Können Sie die Schüler nicht mal langsam wieder vergrößern? Ihr verflixter Schrank ist doch wieder aufgetaucht.«

Die Augen des Doktors weiten sich. »Aber Sie raben ja HECHT. Der Schrank!«

Na endlich. Frau Bissl-Brettig schüttelt den Kopf, wendet sich den Krawallos zu, die schweigend neben dem Polizeiwagen stehen.

Der Doktor wird aktiv und beweist, dass er ein wahrer Tüftler und Techniker ist. Mithilfe der starken Autobatterie des Polizeifahrzeugs wird der Schrank funktionstüchtig gemacht.

Die beiden Schufte, Olli und Bruno, gucken nicht mehr ganz so selbstsicher wie noch vor wenigen Minuten, als der Doktor mit einem Blatt, dass er vom Apfelbaum neben dem Schuppen gepflückt hat, auf den Polizeiwagen zuschreitet. Vorsichtig hält er uns das Blatt hin.

Wir klettern alle nacheinander drauf: Ludwig, Lilly, Basti, Matz und ich.

Dann geht der Doktor mit dem Blatt zum Schrank, legt es hinein und schließt die Tür. Der Polizist, der den Wagen fuhr, lässt den Motor an. Doktor Yogeshwar startet den Schrank, und Augenblicke später spuckt das verrückte Möbel eine Überraschung aus.

Weil es dort drinnen für fünf Schüler viel zu eng ist,

platzt der Schrank fast, als wir auf Normalgröße wachsen.

POING!

»Gott sei Dank!« Die Bissl-Brettig ist erleichtert. Ludwig wirft einen bösen Blick hinüber zu den Krawallos.

Lilly aber ruft sofort: »Die zwei haben uns geschrumpft. Die zwei Einbrecher. Die haben die Sparkasse in Odenberg überfallen und aus dem Kunstmuseum ein wertvolles Gemälde gestohlen. Wir haben sie überrascht. Da haben sie uns betäubt und in den Schrank gesteckt und verkleinert!«

Den Polizisten stockt der Atem. Aber die Einbrecher leugnen immer noch.

»Glatte Lüge!«, ruft Bruno. »Wir haben damit nichts zu tun.«

»Von diesem Einbruch hören wir zum ersten Mal!«, ruft Olli.

»Wenn wir das getan haben sollen, wo ist dann die Beute? Das Geld und dieses Bild? Sehen Sie das hier irgendwo? Wir sind unschuldig.« Bruno grinst.

Lilly guckt böse wie eine zukünftige Pferdebremse, die großen Spaß daran hätte, Typen wie Olli und Bruno zu piesacken. Aber es fehlt der Beweis.

»Tja, ohne Beute können wir nichts machen«, brummelt der Polizist mit dem Fuß, auf den ich jetzt am liebsten kräftig drauftreten würde.

»Hmmmm. Wenn wir Fingerabdrücke nehmen …«, sinniert der zweite Polizist.

»Fingerabdrücke?«, sagt Bruno mit einem Lächeln. »An diesem Schrank sind natürlich Fingerabdrücke, weil wir ihn, wie gesagt, gefunden haben. Aber ohne die Beute … Sie müssen uns freilassen. Wir haben nichts verbrochen.«

Ich werde wütend, gehe auf die beiden Schufte zu.

Da fällt mir was auf. Olli trägt so ein kurzärmliges Hemd mit einer Tasche auf der Brust. Diese Tasche beult sich aus.

Da ist was drin.

Der Umriss ist deutlich zu erkennen: eine Streichholzschachtel.

»Hey«, sage ich. »Kann ich mal Feuer haben?«

»Äh … Feuer?«, fragt Olli verwirrt.

»Ja, Sie haben da Streichhölzer in ihrer Hemdtasche.«

»Du … Du rauchst doch hoffentlich nicht?«, fragt die Bissl-Brettig verwirrt und auch ein bisschen alarmiert.

»Öh ... genau. Rauchen ist gar nicht gut für Schüler«, sagt Bruno.

Olli ist käseweiß im Gesicht. Bruno wirft ihm einen sehr bösen Blick zu, der Olli zu signalisieren scheint: *Sag mal, wie doof bist du eigentlich?*

»Nein, ich rauche nicht«, sage ich, »aber ich hätte jetzt gern Feuer.« Und dann wende ich mich an die Polizisten: »Die Streichholzschachtel da in der Hemdtasche. Ich wette, wenn wir die vergrößern, erleben wir eine Überraschung.«

»Äh, wetten sollten Schüler aber auch nicht«, jammert Olli.

»KLAPPE!«, raunzt Bruno.

Obwohl die Polizisten an diesem Tag schon mehrfach mit dem Thema *Schrumpfen* zu tun hatten, gucken sie mich an, als sei mein Gehirn auf die Größe einer Erbse zusammengeschrumpelt.

Wie gut, dass die Bissl-Brettig mitgekommen ist und hier das Kommando hat. »Na, nun machen Sie schon«, raunzt sie. »Benjamin Pohlmann ist zwar ein äußerst undisziplinierter Schüler. Aber er ist nicht dumm. Los, du Lauser« – damit meint sie Olli – »rück die Schachtel raus. Der Doktor legt sie in diesen verflixten Schrank. Und ich HOFFE mal, dass deine Überraschung, Ben, dann dazu führt, dass der verflixte Schulalltag endlich wieder einkehren kann!«

Huuu. Die Polizisten haben gehörig Respekt vor der BB. Sie nehmen dem eingeschüchterten Olli die Streichholzschachtel ab. Bruno guckt wie ein zerzauster Braunbär in Seenot. Doktor Yogeshwar legt die Streichholzschachtel in den Schrank, und …

POING!

Kaum zwei Minuten später liegen Berge von Geldscheinen am Boden des Schranks – vor einem schönen Bild, auf dem Münzen und Scheine abgebildet sind.

Das gestohlene Gemälde trägt nämlich den Titel:

DER FLUCH DES GELDES

Jetzt, endlich, muss die Bissl-Brettig lachen. »Die ganze Beute in einer Streichholzschachtel. Ich fasse es nicht!«

»Das … das beweist aber noch immer nichts«, versucht Bruno es ein letztes Mal.

Diesmal ist es die Polizei, die zeigt, dass auch sie mitdenken kann. »Na, dann werden wir mal nachsehen, ob sich Fingerabdrücke auf dem Gemälde oder den Geldscheinen befinden. Wenn die geschrumpft wurden, die Fingerabdrücke, sind sie bestimmt auch nach dem Vergrößern noch da. Nicht wahr, Herr Doktor?«

Überrascht blickt Doktor Yogeshwar auf. Der Polizist, der so klug kombiniert hat, guckt ihn an.

»Aber ja … ja, ja«, stammelt Doktor Yogeshwar. »Die … die Schlingerabdrücke der Fingel – äh, der Schlingel, die müssten immer noch da sein.«

Die Polizisten nicken zufrieden. Sie ziehen zwei Paar Handschellen hervor und lassen sie klicken.

Kapitel 22

Alles bleibt gut – eine Art Nachwort

Das Abenteuer ist vorbei. Schon seit einer Woche. Und was soll ich sagen? Das große Donnerwetter ist bis jetzt ausgeblieben. Sogar für das Trio Krawallo. Lilly meint mal wieder, weil die Bissl-Brettig jetzt NOCH verliebter ist als vor zwei Wochen und weil Verliebte eben doch total nett sind. Na ja, ich habe da so meine eigene Theorie.

Herr Püstel jedenfalls ist überglücklich darüber, dass Dodo alles prima überstanden hat. Er hat gleich am nächsten Schultag mehrere Sahnetorten aus der

Konditorei am Marktplatz von Odenberg in die Schule bringen lassen. Alle bekamen ein Stück. Auch Dodo. Das hat sogar der Bissl-Brettig gefallen, und sie sah an dem Tag tatsächlich SEHR verliebt aus.

Die Polizei hat Dodo sogar zum Ehrenpolizeihund ernannt, weil er so toll mitgeholfen hat, Bruno und Olli das Handwerk zu legen. Es gab einen Artikel in der Zeitung. Mit Bild. Herr Püstel strahlt darauf wie eine Sahnetorte – und Dodo sowieso.

Natürlich gab es auch einen Artikel über den Schrumpfschrank und Ludwig, mich, Lilly, Basti und Matz. Die Überschrift bringt mich immer noch zum Lachen:

DIE FANTASTISCHEN FÜNF WINZLINGE
KLÄREN DEN GROSSEN EINBRUCH AUF!

Du meine Güte: Bald ist Odenberg weltberühmt. Nicht nur weil wir den Kunstraub und den Banküberfall aufgeklärt haben. Die ganze Woche schon kommen Reporter zu uns in die Stadt. Immer wieder werden wir interviewt und müssen unsere Geschichte erzählen. Die Leute wollen wissen, wie das Leben als Winzling so ist.

Lustigerweise sind Lilly, Basti, Matz und Ludwig sehr

froh darüber, wieder groß zu sein. ICH hingegen möchte wenigstens ein paarmal im Jahr zurück in die Welt meiner Insektenfreunde.

Ich LIEBE den Schrumpfschrank.

So was finden die Zeitungsleute natürlich spannend, und sie haben sogar schon Andi, Ssuzi und Professor Max interviewt. Ich musste die Antworten meiner Freunde übersetzen. Andi war ziemlich wortkarg, knarzte viel und meinte, er hätte eigentlich gar keine Zeit. Es ist nämlich eine Menge Arbeit liegen geblieben für *Ameise-41zk-Nestwächter-Zentralgarde-Sektor A-bis-D-Innen, zurzeit Leitung und Ausbildung der Abteilungen Sicherung und Alarm Nestbau Wurmkasten Igelheim*. Und weil es so lange dauerte, bis der Reporter Andis Namen korrekt notiert hatte, wurde der Gute noch viel ungeduldiger.

Krrrrrrrk!

Ssuzi fand den Zeitungsssmann *total sssüsss* und das Interview *sssoo, sssoo sssuper*. Sie war aber extrem schüchtern und sirrte andauernd mit den Flügeln. Vermutlich wurde noch nie ein Interview gedruckt, in dem dermaßen häufig die Worte SSSÜSSS und SSSUPER vorkamen.

Über Professor Max gab es sogar eine ganze Seite, weil er als Gelehrter so unglaublich viel weiß und auch viel zu sagen hat. Nun ja: Er hört sich aber auch ganz gern selbst reden.

Olaf hingegen konnte NICHT interviewt werden. Er verpuppt sich gerade. Sobald er als Schmetterling geschlüpft ist, wird es auch über ihn einen schönen Bericht geben. Die ganze Klasse ist schon sehr gespannt auf den Schmetterling, der immer Hunger hat. Nie bekam Olaf frischeres Grün als jetzt – sogar von den Krawallos. Es geschehen echt noch Wunder auf dieser Welt.

Das Leben als Winzling ist so spannend!

Einzig Justus bat mich darum, den Reportern nichts über ihn zu verraten. Und ich verstehe, warum. Justus will nicht, dass Herr Püstel von ihm erfährt. Einen Floh im Fell seines geliebten Dodo, das würde unser Lateinlehrer niemals dulden. Lateinlehrer und Flöhe, das passt einfach nicht zusammen. So feiern nun alle Dodo als den schlauesten Hund der Welt – was er zweifellos ist.

Aber niemand weiß von Justus, der solch ein wunderbarer, kluger Dodo-Pilot zwischen Sahnetorte und

Pferdewiese war. Ohne ihn wäre Dodo nur halb so schlau.

Justus, der Superfloh.

Natürlich wurde auch viel über Doktor Yogeshwar geschrieben: den genialsten Erfinder der Welt. *EIN GENIE UND SEINE TECHNISCHE LEISTERMEISTUNG* hieß der Artikel. Der Doktor hatte sich bei seinem Interview mal wieder zahlreiche Wortverdreher geleistet. Auch ich kam in diesem Interview vor, denn Doktor Yogeshwar meinte, dass ich, Benjamin Pohlmann, eines Tages vielleicht ein noch besserer Erfinder sein werde als er selbst.

Das hat mich natürlich stolz gemacht.

Und das Beste ist: WEIL die Zeitungen so viel über mich schreiben, werde ich wohl auch weiterhin den Schrumpfschrank nutzen können. Doktor Yogeshwar und ich hatten gewaltig Sorge, dass Frau Bissl-Brettig nach den Turbulenzen der vergangenen Tage endgültig Schluss machen würde mit dem Labor im Dachgeschoss der Schule.

Pustekuchen. Sie hält sich zurück.

Immer wieder nämlich wurde die Direktorin von Reportern zu ihrer vorbildlichen Schule beglückwünscht.

AN DIESER SCHULE WIRD ZUKUNFT GELEHRT, schrieb einer. Ein anderer: *REISEN IN DIE WELT DER INSEKTEN: WAS WERDEN WIR VON DIESEM JUNGEN FORSCHER NOCH ALLES ERFAHREN?*

Ja, die Bissl-Brettig wurde als Direktorin mit Weitblick gefeiert, WEIL sie Doktor Yogeshwar und mich an ihrer Schule forschen lässt.

Hi, hi.

So bleibt ihr wohl gar nichts anderes übrig: Sie MUSS den Schrumpfschrank prima finden, sonst ist sie eine langweilige, altmodische, einfallslose Direktorin. Und DAS will die Bissl-Brettig keinesfalls sein.

Ich freue mich schon RIESIG auf die nächsten Abenteuer!

Bücher von Thomas Krüger bei Baumhaus:

Der Ameisenjunge – Der Tag, an dem ich aus Versehen in einer Schrumpfmaschine landete
Der Ameisenjunge – Der Tag, an dem mir ein Hundefloh half, die Schrumpfmaschine wiederzufinden

FSC www.fsc.org
MIX
Papier aus verantwortungsvollen Quellen
FSC® C014496

Dieser Titel ist auch als E-Book erschienen.

Originalausgabe

Copyright © 2018 by Bastei Lübbe AG, Köln
Umschlagmotiv und Innenillustrationen: Stephan Pricken
Umschlaggestaltung und Satz: Götz Rohloff – Die Buchmacher, Köln
Gesetzt aus der Cool Britannia und der Lino Letter
Druck und Einband: GGP Media GmbH, Pößneck
Printed in Germany
ISBN 978-3-8339-0543-8
5 4 3 2 1

Sie finden uns im Internet unter www.baumhaus-verlag.de
Bitte beachten Sie auch www.luebbe.de

Ein verlagsneues Buch kostet in Deutschland und Österreich jeweils überall dasselbe. Damit die kulturelle Vielfalt erhalten und für die Leser bezahlbar bleibt, gibt es die gesetzliche Buchpreisbindung. Ob im Internet, in der Großbuchhandlung, beim lokalen Buchhändler, im Dorf oder in der Großstadt – überall bekommen Sie Ihre verlagsneuen Bücher zum selben Preis.